secession

W0367391

Jérôme Ferrari

# *Nach seinem Bilde*

Roman

Aus dem Französischen
von Christian Ruzicska

JÉRÔME FERRARI

# NACH SEINEM BILDE

ROMAN

Erste Auflage
© 2019 by Secession Verlag für Literatur, Zürich
Alle Rechte vorbehalten
Übersetzung: Christian Ruzicska
Lektorat: Alexander Weidel
Korrektorat: Kristina Wengorz
www.secession-verlag.com

Typografische Gestaltung:
Ferdinand Ulrich, p98a.berlin
Satz: Marco Stölk, Berlin
Herstellung: Daniel Klotz, p98a.berlin
Druck und buchbinderische Verarbeitung:
Friedrich Pustet, Regensburg
Papier Innenteil: 100 g/m² Fly 05
Umschlagmaterial: 160 g/m² Irisleinen
Gesetzt aus Lyon & **INSTITUT**

Printed in Germany
ISBN 978-3-906910-63-5

Du sollst dir kein Bildnis noch irgendein Gleichnis machen, weder des, das oben im Himmel, noch des, das unten auf Erden, oder des, das im Wasser unter der Erde ist. Bete sie nicht an und diene ihnen nicht.

EXODUS, 20,4–5

*Obszön!,* wollte sie schreien, schrie aber nicht, weil sie nicht wusste, wem sie das Wort entgegenschleudern sollte: sich selbst, dem Romanautor West, dem Engelkomitee, das leidenschaftslos über allem wacht, was sich zuträgt. Obszön, weil solche Dinge nicht geschehen sollten, und noch einmal obszön, weil sie, nachdem sie nun einmal geschehen waren, nicht ans Licht gezerrt, sondern zugedeckt und für immer in den Eingeweiden der Erde verborgen werden sollten …

J. M. COETZEE
*Elizabeth Costello*

Der Tod ist eingetreten. Das Foto kommt danach und lässt, anders als das Gemälde, die Zeit nicht innehalten, sondern fixiert sie.

MATHIEU RIBOULET
*Die Werke der Barmherzigkeit*

1

# Gebete am Fuße des Altars

(AUF DEM HEIMWEG, VOJVODINA, 1992)

Als sie ihn, zehn Jahre zuvor, zum letzten Mal gesehen hatte, war er gerade auf dem Weg nach Hause, und sie begleitete ihn. Kaum waren die beiden von der Belgrad-Linie am Busbahnhof abgesetzt worden, hatte er kein Wort mehr gesagt. Und dann, noch immer schweigend, war er stehen geblieben, um sich mit den Ellbogen auf das Geländer einer Donaubrücke zu stützen, von der die NATO-Bombardierungen von 1999 bald nur mehr die Tragpfeiler stehen lassen sollten. Antonia, die Kamera griffbereit, war einige Schritte zurückgeblieben und hatte ihn betrachtet. Er trug einen zerschlissenen Drillich, auf den er seine Feldwebeltressen und, unterhalb des Abzeichens der zersetzten JNA*, ein serbisches Wappen mit dem beidseitig von lunaren Sigmas flankierten doppelköpfigem Adler aufgenäht hatte. Ihm zu Füßen stand ein großer Militärrucksack, der nichts anderes barg als eine ungarische Ausgabe von Imre Kertész' *Kaddisch für ein nicht geborenes Kind*, den ersten Band einer serbokroatischen Übersetzung der Gesamtwerke von Bukowski sowie einige R.E.M.- und Nirvana-Kassetten, von denen er nicht einmal mehr wusste, wann er sie das letzte Mal gehört hatte. Er hielt den Kopf in die Hände gestützt. Er blickte nicht auf das dunkle Wasser des Flusses, nicht in den regenschwangeren Himmel. Eine Gruppe recht junger Leute, die über die Brücke zog, hatte auf seiner Höhe den Schritt verlangsamt und war in rätselhaftes Gelächter verfallen, während sie ihn verächtlich musterte. Antonia hatte das Foto geschossen, das letzte der Reportage, die sie ihm gewidmet hatte und die niemals publiziert werden sollte. Zunächst hatte er scheinbar nicht reagiert. Und dann hatte er den Kopf gehoben, und Antonia hatte gesehen, dass er weinte. Er hatte nach seinem Rucksack gegriffen und sie, die sich schon anschickte, ihm zu folgen, per Handzeichen zurückgehalten, sie war auf der Brücke stehen geblieben und hatte ihm nachgesehen, bis er schließlich

---

* Jugoslawische Volksarmee

verschwunden und es für jede andere Form von Abschied zu spät gewesen war.

An diesem Freitagabend im August 2003, im Hafen von Calvi, erkannte sie ihn sofort wieder. Dragan schritt ihr entgegen, mitten in der Touristenmenge, begleitet von einem anderen Unteroffizier der Fremdenlegion, und seine Uniform war diesmal tadellos. Sie hielt inne. Als ihre Blicke sich kreuzten, lächelte er sie an und ging auf sie zu, um sie mit einer Wärme in die Arme zu schließen, die nicht gespielt sein konnte. Sie war derart irritiert, dass sie nicht gleich begriff, dass er sie auf Französisch ansprach. Er zeigte auf die Kamera, die ihr über der Schulter hing. Gibt es hier was Interessantes zu fotografieren? Sie lachte auf. Nein. Nichts Interessantes, wirklich nicht. Sie mache mittlerweile Hochzeitsfotos, was auch ihren Aufenthalt in Calvi erkläre. Fotos von Eheschließungen. Von gerührten Familien. Von Pärchen natürlich, von wahnsinnig vielen Pärchen, vor Blumengebinden, Luxuslimousinen oder Sonnenuntergängen am Mittelmeer. Jedes Mal dieselben und dabei seltsam grotesken, sich wiederholenden und flüchtigen Dinge. Sie verdiene gut, aber interessant sei es ganz gewiss nicht. Sie schwieg. Sie fürchtete, er könnte den Grad ihrer Verbitterung erfassen. Sie fragte, ob er ein Gläschen mit ihr trinken wolle. Er hatte Bereitschaftsdienst. Er musste zurück ins Camp Raffalli. Den nächsten Abend jedoch wollte er gern mit ihr verbringen. Antonia hatte ursprünglich geplant, zurück nach Hause zu fahren, hinunter in den Süden, sobald die Hochzeit nur vorbei wäre. Sie hatte ihren Eltern versprochen, mit ihnen zu Abend zu essen. Er zuckte mit den Schultern. Ob sie nicht einen Tag länger bleiben könne? Sie sah ihn an. Ja, natürlich, konnte sie.

Sie rief ihre Mutter an, um ihr mitzuteilen, dass etwas Unvorhergesehenes sie zwinge, ihren Aufenthalt in der Balagne um vierundzwanzig Stunden zu verlängern. Sie könne nicht wie versprochen am Samstagabend im Dorf essen, sei aber ganz bestimmt am darauffolgenden Tag zurück. Obwohl Antonia sich bemühte, diesen widrigen Umstand in einem so undramatischen Licht wie möglich erscheinen zu lassen, löste sie doch mehr oder weniger umgehend eine Schreitirade aus, bei der ihr ihre Lässigkeit, ihre Undankbarkeit und ihr Egoismus vorgeworfen wurden. Antonia beging nicht den Fehler, ausfallend zu werden. Sie versicherte ihre Mutter der Beständigkeit ihrer töchterlichen Liebe, sagte, dass sie sich darauf freue, sie am Sonntag zu sehen, und zwang sie zu schweigen, indem sie kurzerhand auflegte. Woraufhin sie ihr Handy ausschaltete und zu Bett ging.

Den ganzen Tag lang versuchte sie, sich auf ihre Arbeit zu konzentrieren. Sie fotografierte die junge Braut von dem Zeitpunkt an, da diese das Bad verließ, bis hin zu jenem Augenblick, als sie schließlich ein von einer hingerissenen Entourage einhellig als überwältigend beurteiltes Kleid anlegte, sie fotografierte das zwangsläufig strahlende Lächeln des Bräutigams in genau dem Moment, da er die ihm Versprochene erblickte, sie begleitete die beiden zur Kirche, machte während des Festmahls Bilder von sämtlichen, vor lauter Hitze und Alkohol benommen Gästen, und sie beendete den Tag am Strand, wo sie sich die diabolische Freude gönnte, die Jungvermählten unter brennender Sonne hinreichend lang in ausgeklügelten Verrenkungen posieren zu lassen, von denen sie sich erhoffte, dass sie ebenso schmerzhaft sein mochten wie lächerlich. Am Ende der Prozedur waren sie verschwitzt, aber begeistert. Sie hatten keinen Zweifel, dass das Ergebnis wunderbar sein würde, wunderbar wie der gesamte Tag. Die beiden entlohnten Antonia unter herzlichsten Dankesbekundungen, und sie konnte gehen, um Dragan zum Abendessen zu treffen. Sie redeten die ganze Nacht lang, und als sie zurück ins Hotel kam, war es fünf Uhr früh. Sie war nicht müde. Würde sie sich hinlegen und es ihr trotz allem gelingen einzuschlafen, so müsste sie doch das Zimmer um elf Uhr räumen. Sie beschloss, den Heimweg anzutreten. Sie würde zu Hause haltmachen, den ganzen Tag über schlafen und dann hoch ins Dorf fahren, um mit ihren Eltern zu Abend zu essen. Sie setzte sich ans Steuer und öffnete alle Fenster des Wagens. Es war noch Nacht und die Temperatur kein einziges Mal unter dreißig Grad gefallen. Sie ließ L'Île-Rousse hinter sich. Auf der Straße Richtung Ostriconi, in der Biegung einer Kurve, stieg, während sich weiter unten das Meer noch im Dunkel der Nacht erstreckte, die Sonne, die kaum den Himmel hinter den Bergen erhellte, plötzlich über deren Gipfel, und ihre ersten Strahlen trafen grell auf Antonias Gesicht. Sie ließ sich einen Augenblick lang blenden und schloss die Augen.

Ihre Eltern und ihr Bruder, Marc-Aurèle, warteten lang auf sie. Sie konnten nur ihre Mailbox erreichen. Um neun Uhr abends hatte ihre Mutter eindeutig vom Zustand der Wut in den der Verzweiflung gewechselt. Sie verließen das Dorf zu dritt, um hinunter in die Stadt zu fahren, sie klingelten vergeblich an der Tür von Antonias Wohnung, sie befragten ihre Nachbarn, sie durchkämmten sämtliche Straßen des Viertels in der Hoffnung, ihren Wagen zu finden, und riefen schließlich die Gendarmerie an. Tags darauf trafen am späten Nachmittag zwei Gendarmen im Dorf ein, und Antonias Mutter, kaum hatte sie deren Gesichtsausdruck gesehen, brüllte schmerzerfüllt auf. Sie bestätigten ihr, dass das, was sie nicht nur während der letzten vierundzwanzig Stunden, sondern im Grunde ihr ganzes Leben lang befürchtet hatte, tatsächlich eingetroffen war. Die Kollegen aus der Balagne hätten Antonias Wagen in den Tiefen einer Bergschlucht bei Ostriconi gefunden. Sie hätten lange gesucht. Es sei beinahe unmöglich gewesen, ihn von der Straße aus zu sehen, zudem habe es auf dem Asphalt keinerlei Bremsspuren gegeben, an denen die Suche hätte ausgerichtet werden können. Man habe einen Helikopter einsetzen müssen. Antonia sei zweifellos zwei Nächte zuvor gestorben, im Morgengrauen. Die Gendarmen wollten Abschied nehmen, aber Antonias Vater bestand darauf, ihnen Kaffee anzubieten, den sie schweigend tranken, im

Stehen in der Küche, mit niedergeschlagenen Augen, die Schirmmützen in der Hand.

Zwei Tage später liegt der Sarg auf einem bescheidenen Katafalk, zwischen zwei hohen weißen Kerzen, vor dem Altar. Der Priester, der sich ihm nähert, um ihn zu segnen, ist Antonias Onkel mütterlicherseits. Er war auch derjenige, der sie, dreißig Jahre zuvor, in derselben Kirche an sich gedrückt hielt, als das kalte, auf ihrer Stirn verlaufende Wasser des Taufbeckens sie zum Weinen brachte. Damals war er siebzehn Jahre alt. Er interessierte sich nicht für den Ritus. Er dachte an nichts anderes, als daran, das kleine Kind, das sich in seinen Armen sträubte, zu trösten.

Jetzt sagt er: *Eintreten will ich zum Altar Gottes,* und die Gemeinde antwortet: *Zu Gott, der mich erfreut von Jugend auf.*

Die Worte der Liturgie sind nicht schwer zu verkünden. Sie sind ihm nicht eigen, sie existieren ohne ihn, sie erfordern weder seinen Schmerz noch die unpassende Zärtlichkeit seiner Erinnerungen, sondern allein die Materialität seines Körpers, um durch ihn hindurch leibhaftig und lebendig zu werden. Es schmerzt ihn jedoch, die Antwort der Gemeinde zu vernehmen. Er hat das Gefühl, all diese Stimmen würden sich zu der von Antonia vereinen und dass sie es sei, die da spricht, ein letztes Mal, mit merkwürdig mannigfacher Stimme, bevor sie zu schweigen gezwungen ist. Einen Augenblick lang befürchtet er, von einem unbezähmbaren und deplatzierten Gefühl davongetragen zu werden. Er kann nichts anderes tun, als sich der Gnade Gottes anzuvertrauen.

Er sagt: *Unsere Hilfe ist im Namen des Herrn.*

Er hört das Gemurmel der Unterhaltungen derer, die im Inneren der Kirche keinen Platz finden konnten und draußen geblieben sind, um das Ende der Messe abzuwarten und ihr Beileid zu bekunden. Sie sind sehr zahlreich. Der vorzeitige Tod, zumal urplötzlich, stellt stets etwas Unerhörtes, gefährlich Verführerisches dar. Vom Altar aus sieht er, wie sich in den weißen Kirchenbänken die

Leute aus dem Dorf mit Unbekannten drängen, er sieht mehr oder weniger entfernte Cousins, seine Brüder und, in der ersten Reihe, ganz nah am Sarg, seine Schwester und seinen Schwager, sowie Marc-Aurèle, der hemmungslos weint. Er hätte sich weigern können, die Messe abzuhalten, und an ihrer Seite stehen können. Hätte er diese Entscheidung getroffen, er würde nun vielleicht ebenfalls weinen. Antonia aber kann mit zusätzlichen Tränen nichts anfangen. Er hegt keinen Zweifel mehr: Hier, am Fuße des Altars, ist sein Platz, hier ist er ihr, seiner verschiedenen Nichte, am nächsten, näher als er es seit geraumer Zeit war.

2

# *Requiem aeternam*

(TOURISTENFAMILIE
AUF DEM WEG ZUM STRAND,
CORSE-DU-SUD, 1979)

Als er Antonia anlässlich ihres vierzehnten Geburtstags die erste Kamera schenkte, die sie je in Händen hielt, war er noch im Priesterseminar. Sie warf sich ihm in einem Anfall kindlicher Freude um den Hals, denn damals war er es, und er allein, der ihre Jugend fröhlich stimmte. Seit einigen Monaten gab sie sich einer Leidenschaft für Familienfotos hin, die sie, in ausgedehnten Stunden, Bild für Bild, ausgebreitet auf dem Esszimmertisch, eingehend betrachtete. Obgleich sie vollkommen ungeordnet im Inneren eines alten Lederranzens aufbewahrt worden waren, handhabte Antonia sie wie empfindliche und kostbare Ikonen mit äußerster Sorgfalt. Diese Fotos jedoch waren von keinem besonderen Interesse. Es ließen sich in allen Familien die gleichen finden, die alle die gleiche Geschichte erzählten, da sie die gleichen Personen in Szene setzten: Neugeborene in spitzenbesetzten Kleidchen, Kommunionskinder, Frischvermählte, Frauen im Sommerkleid am Brunnen, unwahrscheinlich viele siegreiche und besiegte, arrogante, arglos männliche, verängstige und verschämte Soldaten, posierend in den Gräben an der Somme, in den Straßen von Rabat, Aleppo oder Saigon, in tropischen Regenwäldern oder Wüstengegenden, mit dem auf ihre Mützen gestickten goldenen Anker der Kolonialtruppen, inmitten von marokkanischen Goumiers, senegalesischen Tirailleuren, auf arabischen Vollblütern aufsitzenden Spahis, in unmittelbarer Nähe einer Artillerieabteilung der Maginot-Linie, und, eingehüllt in Militärdecken, auf den Fluren eines Kriegsgefangenenlagers, Kinder auf den Schößen ihrer Mütter, Gruppen vergnügter Jugendlicher, in Badekostümen und erstmals in Farbe, sowie alte verschleierte Frauen, deren stets mürrischer Gesichtsausdruck bezeugte, dass diese niedere Welt sehr wohl jenes Tränental war, das die Psalmen beschwören. Antonias Pate dachte zunächst, sie interessiere sich für ihre Wurzeln, und bot ihr an, sie durch die verschlungenen Wege einer Genealogie zu leiten, welche aufgrund der vorzeitigen Witwenschaften und Neuvermählungen, der aus unterschiedlichen Verbindungen stammenden Kinder, der unvermeidlich alleinstehenden Mütter und unterschwellig blutsverwandten Vereinigungen für einen frisch Bekehrten hoffnungslos undurchschaubar war. Die beachtlichen und manchmal vergeblichen Anstrengungen, die er unternahm, um Unbekannte zu identifizieren und deren Verwandtschaftsgrad festzustellen, riefen bei Antonia nur höfliches Interesse hervor. Das Rätsel, das sie packte, war ein anderes. Es war ihr nicht wichtig, ob sie nun der Familie derer angehörte, die ihre Spuren auf dem glänzenden Papier hinterlassen hatten, oder auch nicht. Das Rätsel gründete in der Existenz der Spur selbst: Das von inzwischen alt gewordenen oder längst zu Staub zerfallen Körpern reflektierte Licht war während eines Vorgangs eingefangen und bewahrt worden, dessen wundersamer Aspekt mit simplen technischen Erklärungen nicht erschöpfend erfasst werden konnte. Antonia besah sich das Porträt ihrer zehnjährigen Mutter, aufrecht dastehend, im Schatten des vor dem Haus gepflanzten Lorbeerbaums, an der Seite einer winzigen Ahnin, die, wie üblich, eine grauenerregende Grimasse zieht, auch ihren Paten erkannte sie wieder, genauso alt, inmitten anderer für ein Klassenfoto im Hof der Dorfschule versammelter Schüler, und das Haus, der Schulhof, ja selbst der Lorbeerbaum schienen sich nicht verändert zu haben, die Ahnin aber war tot, ihre Mutter und ihr Pate waren längst keine Kinder mehr, und dennoch hatte ihre verschwundene Kindheit auf dem Film eine ebenso fassbare und unmittelbare Spur ihrer Wirklichkeit hinterlassen wie der Abdruck eines Fußes in lehmiger Erde, und Antonia hatte den Eindruck, dass sich all die ihr vertrauten Plätze und, ausgehend von diesen Plätzen, die Unermesslichkeit der ganzen Welt mit schweigsamen Formen füllte, als würden sämtliche Augenblicke der Vergangenheit simultan weiterbestehen, nicht jedoch in Ewigkeit, sondern in einer unbegreiflichen Fortdauer der Gegenwart. Dabei wusste Antonia genau, dass alle Erwachsenen einst Kinder waren, sie wusste, dass die Toten einst gelebt hatten und die Vergangenheit, mochte sie auch noch so fern zurückliegen, einst Gegenwart war; worin nur konnte sich der Beweis der Richtigkeit dieser Gemeinplätze als rätselhaft oder überwältigend offenbaren? Nach einer intelligenten oder tiefgründigen Antwort auf diese Frage zu forschen, war vergeblich: Aller Suche nach Tiefe setzten die Fotografien die Undurchdringlichkeit ihrer Oberfläche entgegen.

Er war sich sicher, dass die neue Leidenschaft seiner Nichte und Patentochter alles andere als eine Laune war. In diesem Fall irrte er nicht, seine Sicherheit jedoch war nicht aus irgendeiner Form von Scharfsinn erwachsen. In Wirklichkeit schenkte er Antonia blindes Vertrauen, alles, was sie sagte oder unternahm, schien ihm bewundernswert zu sein, wurde sie einmal eines Fehlers überführt, so unterstellte er stets, dass sie im Grunde einem geheimen, edlen Ruf gehorcht habe. Seit jenem Sonntagmorgen des Sommers 1965, da er sie über den Taufstein gehalten hatte, obgleich seine Verbindung zu Gott noch gar nicht gegeben war und er infolge einer in der Stadt durchzechten Clubnacht obendrein noch gegen einen furchtbaren Kater anzukämpfen hatte, fühlte er sich mit ihr unzertrennlich verbunden, im Blute wie im Geiste. Er liebte sie, als wäre sie tatsächlich durch die Gnade eines Sakraments, dem er doch keinerlei Bedeutung beimaß, zu seiner Tochter geworden, und diese Liebe war die einzige, die er, in aller Fülle, bedingungslos und unbegrenzt bekunden konnte, bevor ihn dann ein unerwarteter und gebieterischer Ruf auf seinem eigenen Weg nach Damaskus in die Knie zwang. Seine Schwester machte ihm das zum Vorwurf, sie prophezeite, dass er aus Antonia ein unerträglich verwöhntes Kind machen würde, und sie schätzte es ganz und gar nicht, dass er sich nun ein weiteres Mal durch ein so unverschämt teures Geschenk wie eine Kamera hervortat. Sie schätzte es umso weniger, als sich Antonia, ihres neuen Geschenkes alles andere als überdrüssig, in den Wochen, die auf ihren Geburtstag folgten, daran machte, die Mitglieder ihrer Familie und alle unvorsichtigen Besucher einer ständigen Bedrohung ihres Objektivs auszusetzen. Es musste erst die endgültige Konfiszierung des Apparats erwähnt werden, bevor sie sich schließlich damit abfand, Tiere zu fotografieren, Blumen, Landschaften und Gebäude, alles, was sich ihrer Gier mit folgsamer Gleichgültigkeit unterwarf. Antonia verzweifelte. Sie interessierte sich weder für Tiere noch für Blumen, und sie verpfuschte obendrein all ihre Fotos. Sie konnte noch so sorgfältig die Werte von Blende und Verschlusszeiten in einem Heft notieren, sie brachte doch nur unscharfe, zu dunkle oder grauenhaft überbelichtete Bilder zustande. Jedes Mal wenn sie ihre Abzüge entgegennahm, wurde sie von Mutlosigkeit übermannt. Sie machte keinerlei Fortschritte, und das Ganze kostete ein derartiges Vermögen, dass ihre Eltern ihr schließlich erlauben mussten, im Keller ein eigenes Labor einzurichten. Sie lernte, ihre Negative in den säurehaltigen Ausdünstungen der chemischen Produkte und des Rosés zu entwickeln, den ihr Vater in großen Mengen bei der Genossenschaft kaufte, bevor er ihn eigenhändig in Flaschen abfüllte. Es gelang ihr, endlich ihre erratische Belichtung unter Kontrolle zu bekommen und das Bild korrekt scharf zu stellen. Aber sie war noch immer nicht zufrieden. Sie musste sich eingestehen, dass der Großteil aller Momente es kaum verdiente, dem Verfall auf wundersame Weise entzogen zu werden. Erst als der August des Jahres 1979 anbrach, schoss sie, beinahe ohne es zu wollen, das erste Foto, das aufzubewahren sie für würdig hielt.

Pascal B. und seine Freunde machten Antonia, Madeleine und Lætitia O. sowie anderen Mädchen aus dem Dorf, die sie gefährlicherweise aufhörten, als Kinder zu betrachten, den Vorschlag, in der Stadt ein Eis essen zu gehen. Sie parkten die Autos am Hafen. Die Cafés lagen an einer Straße, die zu den Stränden führte und die man überqueren musste, wollte man die Terrassen direkt am Meer erreichen, wo sich Antonia, die Kamera griffbereit, mit den

Mädchen niederließ. Die Jungs blieben auf der gegenüberliegenden Straßenseite, sie saßen an einem Tisch auf dem Bürgersteig, mit Ausnahme von Pascal B., der, nah am Eingang, mit dem Rücken an der Mauer lehnte, seinen Espresso in der Hand. Er trug ein Ensemble aus Uniformjacke und weißer, mit bunten indianisch inspirierten Stickereien verzierter Hose sowie geflochtene, gleichfalls weiße Mokassins. Er war damals neunzehn Jahre alt, und Antonia fand ihn unwiderstehlich. Sie beobachtete die Gruppe eine Zeit lang durch den Sucher, stellte die Blende ein und wartete, bis ein ungelegen aufgetauchter Kellner, der gerade die Straße überquerte, im Inneren der Bar verschwunden sein würde. In dem Moment, da sie schließlich abdrückte, tauchten von links Passanten, die sie zuvor nicht wahrgenommen hatte, im Bildrand auf. Es war ein Touristenpärchen, ein Mann und eine Frau von gut vierzig Jahren, die ihre Kinder bei sich hatten. Sie gingen Richtung Strand, barfüßig und nur in Badesachen gekleidet, die Handtücher über den Schultern, ohne jegliches Gespür dafür, dass sie mit der unverzeihlichen Lässigkeit ihres Eindringens Antonias peinlich genaue Komposition ruinierten. Beim Entwickeln stellte Antonia überrascht fest, dass das Foto perfekt war – und lernte auf diese Weise, dass sie niemals an der Verschwendungssucht des Zufalls verzagen brauchte: Man sieht darauf die Jungs, mit angeekelter oder missbilligender Miene, allesamt die Köpfe in Richtung des linken Bildrands streckend, an dem gerade die unbekümmerten Touristen erscheinen, wie sie unter dem Schild der Bar voranschreiten. Pascal B. schaut gleichfalls in ihre Richtung, aber sein Blick drückt mehr als nur Missbilligung oder Ekel aus. Sie gingen lächelnd ihres Weges, als gäbe es die außergewöhnlich feindselige Welt gar nicht, die sie umgab. Man kann unmöglich entscheiden, ob ihre Verblendung aus Unschuld oder Verachtung erwachsen ist. Das Foto, obgleich es die Möglichkeit dazu erahnen lässt, zeigt nicht, wie der Mann, eine Sekunde später, in einer abrupten Hinwendung zu seiner Frau, Pascal B. anrempelte, der daraufhin seinen Kaffee verschüttete und einen kurzen Moment lang mit dem Ausdruck ungläubiger Verblüffung die braunen Flecken besah, die sein weißes Ensemble besudelten. Der Schuldige öffnete den Mund, vielleicht, um nutzlose Entschuldigungen hervorzubringen, Pascal B. jedoch ließ ihm keine Zeit zu reden und versetzte ihm einen Schlag gegen den Kopf. Der Tourist führte die Hände zur Nase und ging auf dem Bürgersteig in die Knie. Die Frau stürzte sich schreiend auf Pascal B., der sie brutal gegen die Wand rammte. Er ging wieder auf den Mann am Boden zu und versetzte ihm einen Tritt in die Seite, auf den ein zweiter folgte, bei dem er ihn mit Vorwürfen überhäufte. Der Tourist kauerte sich auf dem Boden zusammen und versuchte, sich so gut wie möglich zu schützen. In der Bar machte niemand Anstalten, ihm zu Hilfe zu kommen. Die in Angst und Schrecken versetzten Kinder begannen zu schreien und zu weinen. Die Frau, deren Schulter und Rücken aufgeschürft waren, nahm sie in ihre Arme und weinte ebenfalls. Antonia und die Mädchen waren näher herangetreten, um zuzuschauen. Alle schauten zu. Urplötzlich flaute die Wut von Pascal B. wieder ab. Er blieb aufrecht stehen, keuchend, mit leerem Blick, und machte dann auf dem Absatz kehrt, um in die Bar zu gehen. Der Mann erhob sich, das Gesicht blutüberströmt, und ging mit seiner Frau und den Kindern weg. Antonia hörte Gelächter. Merkwürdigerweise hatte sie, obgleich ständig einen Mangel an interessanten Sujets beklagend, keine weiteren Bilder gemacht. Sie wusste, dass sie damit richtig gelegen hatte: Die Erniedrigung eines Mannes, der vor den Augen seiner Kinder verdroschen wird, sein Entsetzen und seine Schwäche, und dann auch noch der widerwärtige kollektive Lustschauer, der die Zuschauer durchlaufen hatte, dies alles musste für immer in den Abgründen der Vergangenheit verschwinden. Antonia hatte den Gorgonen bislang noch nicht ins Auge geblickt, nun aber hatte sie, zum ersten Mal, ihre Anwesenheit verspürt und die Schlangen ihres Haars zischen gehört. Ihr Mund war trocken, ihr war leicht schwindelig, sie fühlte einen Anflug von Scham und war zugleich von dem, dessen Zeugin sie soeben geworden war, unfassbar erregt, diesem Ausbruch purer Gewalt, der so unverhältnismäßig war, dass er vollkommen willkürlich wirkte, sie hatte die Nähe daran gemocht, sie hatte den Sinn darin erfasst, und als Pascal B. schließlich aus der Bar trat, wo er vergeblich versucht hatte, mithilfe eines feuchten Tuchs die Kaffeeflecken zu entfernen, fand sie ihn noch viel anziehender. Im Auto auf dem Weg nach Hause gratulierten ihm die Jungs und schlugen ihm kumpelhaft auf die Schulter. Er fixierte beim Fahren die Straße, ohne zu antworten, ohne zu lächeln. Als er Antonia vor ihrem Haus absetzte, hatte sie Lust, ein Porträt von ihm zu machen, eine Nahaufnahme, am Steuer seines Wagens, aber sie wagte es nicht, ihn zu bitten, für sie zu posieren. Sie schickte das Foto, mit dem sie so zufrieden war, ihrem Paten ins Priesterseminar, damit er sich über ihre Fortschritte freuen konnte. In dem Brief, der ihre Sendung begleitete, erwähnte sie weder den Vorfall, noch die verstörende Zweideutigkeit der Gefühle, die sich in ihrer Seele geregt hatten. Sie schickte ihm in der Folge immer häufiger Fotos, die sie für gelungen hielt. Im Februar 1981 schenkte sie ihm einen großen gerahmten Abzug jenes Bildes, das sie während seiner Priesterweihe aufgenommen hatte, bei der er, außer sich vor Freude und Erregung, mit klopfendem Herzen, auf dem eiskalten Plattenbelag der Kathedrale von Ajaccio bäuchlings auf dem Boden gelegen hatte.

Jetzt hat die Totenglocke zum ersten Mal geschlagen, und er, im Messgewand, die violette Stola über den Schultern, erwartet die Ankunft des Sarges, während er sich vergeblich bemüht, vor der Marienstatue zu beten. Er weiß sehr wohl, dass die Erfahrung unsagbarer Einsamkeit und Verlassenheit derjenigen des Glaubens innewohnt, aber in genau diesem Augenblick fehlt ihm die Kraft, es zu ertragen. Noch hat er Angst, nicht imstande zu sein, die

Totenmesse abzuhalten. Zwei Tage zuvor, als seine Schwester ihn darum am Telefon bat oder es doch eher von ihm abverlangte, nachdem sie ihm kurz zuvor Antonias Tod mitgeteilt hatte, da hatte er dies zunächst voller Empörung verweigert, wie kannst du nur? Du weißt sehr gut, dass das nicht mein Platz ist, mein Platz ist an eurer Seite, aber sie weigerte sich, es zu hören, und er konnte noch so dumm und vergeblich wiederholen, das ist nicht mein Platz, hör mir zu, sie schnitt ihm doch das Wort ab, sie sagte, nein, du hörst jetzt mir zu, wenn du dich weigerst, schicken sie uns einen Franziskaner, aus Flandern, Mexiko, Laos oder was weiß ich woher, ist ja auch ganz egal, auf jeden Fall versteht niemand auch nur ein Wort von dem, was die sagen, die bringen alle zum Lachen, sogar bei Beerdigungen, da lacht plötzlich wer grell auf, voller Spott, und die kriegen es nicht einmal mit, die sind taub und verkalkt, die sind allesamt verkalkt, die irren sich bei den Vornamen, stell dir nur vor, die sind nicht einmal imstande, das Schild auf dem Sarg richtig zu lesen, letzten Monat erst, auf der Beerdigung des alten Jean-Charles P., da nannte der Priester ihn die ganze Messe über Jean-Simon, niemand wagte, ihn darauf hinzuweisen, eine Schande!, und außerdem tragen die dick auf, die könnten sich ja auch ans Wesentliche halten, die Messe lesen, den Leichnam segnen und wieder in ihr Kloster abziehen, aber nein!, natürlich nicht!, die suhlen sich in unendlichen Predigten, da machst du dir keine Vorstellung, die finden einfach kein Ende, und, wie gesagt, niemand versteht auch nur ein Wort, wie können die auch nur eine Sekunde lang denken, sie könnten Französisch?, das ist mir völlig schleierhaft!, und besser ist's, wenn keiner was versteht, die kennen uns nicht, die wissen nichts über uns, die müssen irgendwas von sich geben, Gemeinplatz an Gemeinplatz reihen, Lüge an Lüge, und ich, ich habe keine Lust, dass irgendein seniler Belgier, der meine Tochter nicht kennt, uns was über sie erzählt und alle Leute zum Lachen bringt, weil er sie Jeannine oder Roberte oder weiß Gott wie nennt, ich habe keine Lust, dass er uns lächerlich macht, dass er die Erinnerung an sie beschmutzt, selbst mit den besten Absichten dieser Welt, und du, du willst das auch nicht, du kannst das nicht wollen. Du musst es übernehmen, und damit hat sich's. Sag mir nicht, dass das nicht dein Platz ist. Wo sonst sollte dein Platz sein? Sie hatte recht, die Franziskaner waren tatsächlich Ausländer oder verkalkt oder beides zugleich und drückten sich in einem Kauderwelsch aus, dessen unterhaltsame Klangfarbe die Würde welcher Feierlichkeit auch immer nur in äußerste Gefahr bringen konnte, und insbesondere die einer Beerdigung. Und so sagte er zu ihr: Du hast recht, und kapitulierte. Hätte sie unrecht gehabt, wäre eine Kapitulation nichtsdestotrotz der einzig denkbare Ausweg geblieben; denn seine Schwester drückte sich mit unanfechtbarer Kampfesbereitschaft in einem Ton aus, der nicht den geringsten Widerspruch duldete, und dies, obwohl sie inzwischen seit sechsunddreißig Stunden nicht geschlafen hatte und noch tags zuvor, ohne jede Nachricht von Antonia, die weder aus Calvi zurückgekehrt war noch auf die Anrufe reagiert hatte, keinen Satz beenden konnte, ohne in Tränen auszubrechen und mit gebrochener Stimme wieder und wieder zu sagen, dass ein Unglück geschehen sei, sie war sich dessen sicher, und sie brachte ihn zur Verzweiflung, ihm aber kam es gar nicht in den Sinn, sich zu beunruhigen, sich auch nur eine Sekunde lang vorzustellen, dass dies wahr sein mochte, aber es war wahr, und jetzt, da dieses Unglück geschehen war, da weinte sie nicht mehr. Alle Zukunft kristallisierte sich schlagartig zur Organisation der Bestattung. Sie hatte einzig und allein ihre Aufgabe zu erfüllen und ihre Tochter würdevoll zu beerdigen, und sie widmete sich so inbrünstig dieser ausschließlichen Bestimmung, für die sie sämtliche Hindernisse eines nach dem anderen und zuvörderst den Unwillen ihres eigenen Bruders aus dem Weg räumte, die sie daran hindern mochten, an ihr Ziel zu gelangen, dass in ihr selbst für den Kummer kein Platz blieb.

Armselige Ausflucht, dachte er. Meine arme Schwester. Er hatte unendliches Mitleid mit ihr, konnte aber nicht umhin, in diesem verdächtigen Mitleid den elenden Ausweg zu erkennen, den er selbst einschlug, um seinem eigenen Kummer gleichfalls zu entkommen.

Am nächsten Tag verließ er seine Gemeinde und kam in Ajaccio an. Sein Neffe, Marc-Aurèle, erwartete ihn am Flughafen. Sie umarmten einander, und Marc-Aurèle sagte zu ihm, es ist gut, dass du die Messe liest, sie wäre glücklich darüber, dass du es machst, und begann, an seiner Schulter zu weinen wie ein kleines Kind. Die Hitze war unerträglich. Er spürte den Atem seines Neffen im Nacken, den Schweiß und die brennenden Tränen, und er befreite sich daraus so zart wie nur eben möglich. Lass uns jetzt gehen. Sie fuhren unter dem gleißenden Himmel dahin. Marc-Aurèle lenkte das Fahrzeug zunächst schweigend. Von Zeit zu Zeit schniefte er und wischte sich mit dem Handrücken die Nase ab, wobei der Schleim auf dem Ärmel seines schwarzen Anzugs Spuren hinterließ, und dann begann er zu reden. Er verlor sich in vollkommen sinnentleerten Hypothesen, ach!, wäre sie nur nicht nach Calvi gefahren, er empörte sich, weil die Familie der Braut aus der Balagne bei ihnen angerufen, rasch ihr Beileid bekundet und dann gefragt hatte, ob es trotz allem möglich wäre, ihnen die Fotos zukommen zu lassen, unglaublich, oder?, und er sagte, weiterhin heulend, sie liebte das Fotografieren so sehr! Der Priester schloss die Augen. Er atmete den Duft der Macchia durch das offene Fenster des Wagens ein und zwang sich zu schweigen. Er fragte Marc-Aurèle nicht: Wie ist es nur möglich, dass du deine Schwester so sehr verkennst? Dann schlug Marc-Aurèle vor, dass man Antonias Kamera doch in der Nähe des Sargs aufstellten könnte, während der Messe, zusammen mit einem Bild von ihr, in Erinnerung an das, was sie liebte, was meinst du, das wäre doch gut, oder?

Er drehte sich abrupt zu seinem Neffen. Er schrie beinahe: Nein! Nein, das kommt nicht infrage.

Seltsam war es doch, trotz allem, dieser treffsichere Geschmack, den Marc-Aurèle von frühester Kindheit an für Ideen bezeugte, wie sie dümmer und gewöhnlicher nicht sein konnten. Wenn der Zufall überdies wollte, dass sie, wie etwa jene, die er soeben arglos von sich gegeben hatte, auch noch vollkommen grotesk waren, kannte sein Enthusiasmus keine Grenzen mehr. Ließe man ihn gewähren, er würde während der Messe eine Tonbildschau an die Wand werfen, vielleicht läse er sogar ein Gedicht vor, das er natürlich selbst verfasst hätte, und er würde zweifellos bei seinem Vortrag anfangen zu heulen. In einem gewissen Sinne war er weitaus gefährlicher als eine ganze Horde seniler und ausschweifender Franziskaner. Aber sein Leid war gewaltig, und es verdiente zur Antwort etwas anderes als brutale Ablehnung. Marc-Aurèle, mein Junge, hob der Priester mit einer Stimme an, die sich zu Mitgefühl zwang, morgen wird es nicht darum gehen, das Leben deiner Schwester heraufzubeschwören, das, was sie liebte oder nicht liebte. Es wird nicht einmal darum gehen zu zeigen, wie unendlich traurig wir sind. Morgen übergeben wir deine Schwester in die Hände Gottes, und wir beten, dass Er sie zu Sich nehmen möge. Das hat mit Fotoapparaten und Porträtbildern nichts zu tun, das hat mit unseren persönlichen Erinnerungen nichts zu tun. Verstehst du? Und Marc-Aurèle stimmte schweigend zu, nicht etwa, weil er irgendetwas verstanden hätte, sondern schlicht aus Folgsamkeit, einer Folgsamkeit, die der Priester nur als jämmerlich empfinden konnte. Wenn es schon wirklich notwendig war, dass Gott eines der Kinder seiner Schwester zu Sich rief, warum dann hatte Er nicht den hier erwählt? Er warf sich die furchtbare Ehrlichkeit dieses Gedankens vor, den er nicht aus seinem Kopf zu jagen vermochte. Er war ungerecht und grausam, ohne echte Liebe. Das wenige an Liebe, zu dem er fähig war, floss vollständig der jungen Frau zu, die er nun zu Grabe tragen musste. Der Rest konnte nur einer übernatürlichen Quelle entstammen, einer Quelle, die jetzt versiegt war. Seine Lippen erzitterten, und er hielt die Tränen, die ihm in die Augen traten, zurück. Er legte seinem Neffen die Hand auf die Schulter.

Im Dorf bahnten sie sich einen Weg durch die Menschenmenge, die vor dem Haus versammelt in der Sonne stand. Wo sie vorbeigingen, verstummten die heiteren Unterhaltungen für einen Augenblick, Hände streckten sich nach ihnen aus, griffen nach ihnen, sie kamen kaum vorwärts, von Umarmung zu Umarmung, Marc-Aurèle begann an einer unbekannten Schulter neuerlich zu weinen, und der Priester zog allein weiter durch das Getümmel, geblendet vom Schweiß, der ihm von der Stirn lief, während man ihn von allen Seiten her bedrängte und mit seinem Vornamen anrief, oder auch mit »Mein Vater!«, er hatte nicht die Zeit, all jene wiederzuerkennen, die ihn in ihre Arme zogen und erst wieder freigaben, nachdem sie brennende Küsse auf seine Wangen gedrückt hatten, und dann endlich trat er über die Schwelle des Hauses, wo sich die Unterhaltungen mit gedämpften Stimmen in Küche und Esszimmer fortsetzten, bei dampfenden Cafetieren, Flaschen mit lauwarm gewordenem Wasser und Kuchen, während der Halbschatten keinerlei Abkühlung spendete, Staubkörner schwebten unruhig in den waagerechten Strahlen des von den Fensterläden gefilterten Sommerlichts, an der weiß verputzten Wand zeigte ein Thermometer in der Gestalt von Korsika achtunddreißig Grad an, und er gelangte in das Zimmer, wo Antonia in einer beinahe vollkommenen Stille ruhte, die allein vom Surren der Fliegen gestört wurde. In regelmäßigen Abständen traten zaghaften Schrittes Leute ein, als befürchteten sie, ein Kind aufzuwecken, sie bekreuzigten sich über dem Leichnam, sie verharrten für einen Augenblick andächtig und traten dann mit derselben Vorsicht wieder hinaus. Nahe dem Bett saßen sein Schwager und seine Schwester, die jeden mit einem Senken des Kopfes empfingen. Er umarmte sie. Sie wechselten kein Wort. Er betrachtete Antonia. Ihre Hände lagen längs des Körpers auf dem weißen Laken, am linken Auge hatte sie einen Bluterguss, den ungeschickte Camouflage nur noch abscheulicher machte. Über Mund und Kinn hatte man ein Taschentuch gelegt. Vielleicht hatte sie sich beim Unfall den Kiefer gebrochen. Vielleicht hatten ihn die Angestellten des Beerdigungsinstituts auch ihrerseits brechen müssen, da die Leichenstarre es ihnen nicht erlaubt hatte, ihr den Mund zu schließen. Der Geruch von Verwesung war eindeutig wahrnehmbar. Antonia war während der Hundstage mehr als dreißig Stunden in ihrem Auto geblieben, bevor man sie endlich gefunden hatte, und die Kunst der Einbalsamierung hatte ihre Grenzen, vor allem wenn sie von offensichtlich unfähigem Personal ausgeführt wurde. Wahrscheinlich hätte man sie in diesem Zustand gar nicht aufbahren sollen. Seine Schwester hatte sich nicht von irgendeiner sittlichen Erwägung leiten lassen, und er gab ihr recht. Der Anblick des Todes durfte nicht gemieden werden. Er durfte nicht geschönt werden. Selbst übel zugerichtet und verwest, selbst für immer von der Seele verlassen und erstarrt zu der schwerfälligen Trägheit einer Sache blieb der Körper doch heilig – und vielleicht nur umso mehr. Er segnete sie, er küsste ihr die Stirn und kniete vor dem Bett nieder, um zu beten, und betend bewachte er sie einen Gutteil der Nacht. Er nickte ein. Er wachte bei Morgengrauen auf. Die Verabschiedung der Toten war für fünfzehn Uhr vorgesehen. Aber es war unmöglich, die Einsargung noch länger hinauszuzögern.

Mein Vater, sagt eine zögerliche Stimme.

Die Totenglocke hat soeben zum zweiten Mal geschlagen. Er betet nicht. Er hört nicht. Er blickt noch immer entgeistert die Marienstatue an. Es ist eine mehrfarbige, aus Holz gearbeitete Jungfrau, die wundersamerweise einst die Wellen an den Strand gespült hatten. In ihren Armen hält sie das nackte Kind, an dessen Konturen das Meer und die Jahrhunderte genagt haben, und da, wo auf ihrem Mantel in ausgewaschenem Ocker und Purpurrot die Sterne des Himmelgewölbes majestätisch thronen sollten, sind nur noch Löcher. Von ihren Fingerspitzen herab hängt ein Rosenkranz. Sie ist hässlich und ohne Anmut. Sie ist es immer schon gewesen. Er kennt sie seit seiner Kindheit. Als er noch Priester des Dorfes war, bevor er schließlich zu einer Gemeinde aufs Festland wechselte, hatte er häufig so vor ihr gestanden, heute aber haucht ihr keine einzige liebende Präsenz mehr Anmut und Schönheit ein, und er ist unfähig, in ihr etwas anderes zu erblicken als einen blinden Götzen.

Mein Vater?

Er dreht sich um. Vor ihm stehen vier junge Männer in schwarzen Hosen und weißen Hemden. Er zwingt sich, sie anzulächeln.

Mein Vater, wir sind gekommen, um die Messe zu singen. Marc-Aurèle hat uns darum gebeten, er wird mit Ihnen darüber gesprochen haben.

Er findet sich damit ab, dass er seinen Neffen letzten Endes doch nicht daran hindern konnte, eine wahrscheinlich katastrophale Initiative ergriffen zu haben. Er tröstet sich damit, dass diese Jungen es kaum schlimmer machen können als der Dorfchor. Das heißt, doch, natürlich, es konnte noch schlimmer kommen, aber das war eine höchst unwahrscheinliche Möglichkeit.

Ihr singt mehrstimmig, nehme ich an?

Sie bejahen.

Muss ich ein Zeichen geben, an den Stellen, wo ihr singen sollt?

Nein, mein Vater. Wir kennen die Liturgie. Wir singen oft Messen.

Na dann, dann ist ja gut.

Aber wir wollten Sie fragen, wünschen Sie, dass wir alles singen, das *Dies irae*, das *Libera me*, einige Priester wollen das nämlich ...

Alles, sagt er und schneidet seinem Gesprächspartner das Wort ab. Singt alles, was ihr könnt. Und sämtliche Strophen des *Dies irae*.

Einer der Sänger fragt vorsichtig nach:

Fürchten Sie nicht, das könnte ein wenig lang werden?

Er lächelt ihn bitter an und antwortet:

Ein wenig lang? Lang für wen?

Er gibt ihnen zu verstehen, dass sie nun gehen und sich hinter dem Altar aufstellen sollen. Er geht hinaus auf den Kirchenvorplatz. Ein Hitzenebel schwebt tief unten am Horizont über dem Meer. Es sind viele Leute gekommen. Einige Menschen deuten eine Geste in seine Richtung an, um ihm noch einmal ihr Beileid zu bekunden, aber sie besinnen sich anders und nehmen ihre Unterhaltungen wieder auf. Von nun an und für die Zeit der Messe ist er nicht mehr der Onkel der Toten, sondern ausschließlich ein Priester. Er erkennt Simon T., der allein auf einer Mauer sitzt, seine Augen sind gerötet. Bevor er ins Priesteramt berufen wurde, lebte er in wilder Ehe mit Simons Mutter, Damienne T., einer Witwe, zehn Jahre älter als er. Es war für ihn besonders schmerzhaft zu denken, dass die erste Auswirkung seiner Berufung darin bestanden hatte, dieser Frau, die er schon derart hatte leiden lassen, weil er sie so schlecht und wenig liebte, jetzt auch noch die Wunde einer definitiven Trennung zugefügt haben zu müssen, als könnte Gnade nur zum exorbitanten Preis einer unauslöschlichen Sünde erreicht werden. Er geht auf Simon zu, der sich erhebt, und umarmt ihn. Die Totenglocke schlägt zum dritten Mal. Der Leichenwagen hält vor der Kirche. Vier Männer entnehmen ihm den Sarg und heben ihn auf ihre Schultern. Der Priester führt sie auf dem Weg zum Altar an.

Als die Sänger das *Requiem* anstimmen, lösen sich seine Zweifel schlagartig in Luft auf. Sie singen perfekt, ohne zu kreischen, angemessen fromm, und ihre Stimmen sind zugleich auch die der Gemeinde, die von Antonia, die von Christus, der noch immer hofft, der bittere Kelch möge von seinen Lippen hinweggenommen werden, die Stimme der Schwäche und der Hoffnung, und in der Kapelle scheint die Marienstatue wieder lebendig zu werden. Sie ist zweifelsohne das Werk eines mittelmäßigen Künstlers aus Lucca oder Livorno, eines Scharlatans ohne Talent, der die Bildhauerei aufgeben musste, um sich der Herstellung lukrativer Reliquien zu widmen – Holzsplitter, die zu Fragmenten des echten Kreuzes veredelt wurden, Bilder des heiligen Antlitzes, gemalt auf dem gräulichen Stoff sorgsam abgewetzter Leichentücher, winzige, aus den Gebeinen von Schafen geschnittene und in Gold gefasste Splitter aus Knie- oder Oberschenkelknochen – und der die Statue in einem Anfall hellsichtiger Hoffnungslosigkeit ins Meer geworfen hat, ohne sich auch nur ausmalen zu können, dass sie eines Tages Gegenstand einer solchen Verehrung werden könnte. Als aber die Fischer von Campomoro sie mit ihrem Rosenkranz in der Hand an den Strand gespült vorfanden, gelang es ihnen nicht, so heißt es, sie hochzuheben. Die Nachricht vom Wunder verbreitete sich schnell. Die Menschen kamen ringsum von den Bergen herab, doch trotz der Inbrunst ihrer Bittgebete konnte keiner von ihnen die Jungfrau bewegen, die ihnen stur die wundersame Ungeheuerlichkeit ihres Gewichts entgegenhielt. Allein für zwei Greise des Dorfes hatte sie sich entschlossen, Leichtigkeit anzunehmen, die sie daraufhin in der Kapelle aufstellten, wo sich nun, seit einer Ewigkeit, ihr Platz befindet. Alle erfreuen sich an diesem armseligen Zeichen, auserwählt zu sein, dem einzigen, ja, das ihnen je zuteilwurde. Natürlich hat der Priester niemals an die Wahrhaftigkeit dieses kindischen Wunders geglaubt. Im Lauf der Zeit hatte die Gutgläubigkeit der Menschen den Zufall wahrscheinlich verklärt, der die Statue auf Geheiß der Vorhersehung hergeführt hat. Wahrscheinlich haben sie auch die sich ihnen bietende Gelegenheit beim Schopf gepackt, um ihre altertümliche Neigung zur Abgötterei zu befriedigen. Im Grunde ist es unwichtig. Nichts, er weiß es genau, ist so unscheinbar, dass es nicht die göttliche Anwesenheit empfangen und zum Ausdruck bringen kann – und das ist es, das Wunder, mit einer Klarheit, dass er im Moment, wo die Sänger den Psalm *Te decet hymnus* anstimmen, beinahe selbst zu spüren glaubt, wie das bemalte Holz erbebt.

3

# *Kyrie eleison*

(FRAU, VOR DEM WALDBRAND FLIEHEND, ALTA ROCCA, 1983)

Am 6. Januar 1980 verkündeten die lokalen Fernsehnachrichten, dass militante Autonome in Bastelica drei bewaffnete Männer aufgegriffen hatten, denen sie unterstellten, Geheimagenten zu sein, die damit beauftragt waren, einen von ihnen zu töten. Sie hatten vor, eine Pressekonferenz zu organisieren, ehe sie ihre Gefangenen der Justiz übergeben wollten. Man schickte ihnen also Panzer und eine Kompanie der Sicherheitskräfte der Republik, die das Dorf umstellte. In dem Beitrag sah man behelmte Männer in blauen Uniformen, die auf feuchten Straßen aufmarschierten. Pascal B. war gerade dabei, mit seiner Familie zu essen. Als er die Nachrichten hörte, stand er vom Tisch auf, umarmte seine Eltern, packte sein Jagdgewehr sowie zwei Schachteln Patronen ein und stieg in sein Auto. Antonia hatte nie wirklich erfahren, wie er zu der Gruppe gestoßen war, der es, mitten in der Nacht, gelungen war, die Straßensperren zu durchbrechen und mit ihren drei Geiseln Richtung Ajaccio zu fahren. Um drei Uhr morgens verbarrikadierten sie sich in einem Hotel an der Rue Fesch und nahmen die Gäste als Geiseln. Es folgten achtundvierzig Stunden, während derer in Ajaccio Bürgerkriegsatmosphäre herrschte. Ein Mitglied der nationalen Polizei wurde getötet, drei weitere von einem Schützen verletzt, der nie ausfindig gemacht wurde. Die in Panik geratenen Polizisten töteten ihrerseits eine Frau und einen jungen Mann, denen man höchstens vorwerfen konnte, zu einem ungünstigen Zeitpunkt im Auto vorbeigefahren zu sein. Die Fernsehnachrichten zeigten nicht die Leichen, sondern nur die Einschläge der Schüsse in der Windschutzscheibe. Die Gruppe willigte schließlich ein, sich, wenn überhaupt, der Gendarmerie zu stellen, nicht aber der Polizei. Der Kommandant Christian P. gewährte ihnen, frei, mit quer über die Schultern gelegten, entladenen Gewehren, den Weg vom Hotel zum Kommissariat zurückzulegen, und Antonia weinte vor ihrem Fernseher, als sie sie in der Nacht langsam dahinmarschieren sah. Pascal B. wurde gemeinsam mit seinen Kameraden dem Verfassungsrichter vorgeführt und im Gefängnis La Santé inhaftiert. Sie schrieb ihm beinahe jeden Tag. Sie machte Fotos für ihn, von Freunden, die seine Rückkehr erwarteten, von einsamen Gassen, von der Ankunft des Frühlings, und schickte sie ihm. Er bat sie, sich nicht zu sorgen, wenn er nicht häufig antwortete, er schreibe nicht gern, und die Eintönigkeit des Gefängnisleben sei nun einmal so, dass er ihr gar nicht viel zu erzählen habe, aber er lauere auf die Ankunft ihrer Briefe und Bilder, und er sagte zu ihr, dass er nichts bedauere, dass er ungeduldig darauf warte, sie wiederzusehen, sie und all das, was dank ihr zumindest in Form von Bildern, die er an die Wände seiner Zelle hefte, noch immer existiere. Am Ende des Sommers wurde er freigelassen. Man organisierte ihm zu Ehren ein Fest auf dem Schulhof. Alle drängten sich um ihn und küssten ihn. Simon T. folgte ihm auf Schritt und Tritt, er schaute ihn an mit dem glühenden Blick, den man Halbgöttern vorbehält, und lief jedes Mal puterrot an, wenn sein Held ihm ein Lächeln schenkte, das von einem kleinen freundschaftlichen Schlag in den Nacken begleitet war. Pascal B. zollte Antonia nur eine geringe Aufmerksamkeit, und sie wurde darüber so traurig, dass sie es nicht übers Herz brachte, Aufnahmen des Festes zu machen. Am Ende des Abends aber, als sie schon betrübt nach Hause gehen wollte, zog er sie in einen Winkel, schloss sie in seine Arme und bedankte sich bei ihr. Ich werde niemals vergessen, was du für mich getan hast. Er streichelte ihr übers Haar, drückte auf ihre Lippen einen einzigen und keuschen Kuss. Er sagte zu ihr, fahr nach Hause. Ich werde auf dich warten. Er wartete tatsächlich. Er wartete zwei Jahre lang. Eines Abends, im Juli 1982, ließ er Antonia in sein Auto steigen und fuhr sie hinaus aus dem Dorf. Er hielt auf einem Feldweg abseits der Straße. Er küsste sie weitaus weniger keusch als das erste Mal, begann, schwer zu atmen, und drang auf der Rückbank in sie ein, nachdem er ihr nur jene Kleider vom Leib gerissen hatte, die ihm bei seinem Vorhaben im Weg hätten sein können. Als es beendet war, zog er seine Hose wieder hoch und stieg aus, um eine Zigarette zu rauchen, die in der Nacht rot aufglomm. Antonia benutzte sein T-Shirt, um das Sperma von ihrem Bauch zu wischen, und sie tastete im Dunklen auf der Suche nach ihrer Unterhose, die sie schließlich unterm Beifahrersitz fand. Sie stieg aus, um Pascal B. zu folgen, umschlang ihn zärtlich von hinten, die Wange an seine Schulter geschmiegt. Er drehte sich zu ihr um, zog sie an sich heran und bedeckte sie mit Küssen. Es war weder viel Schmerz dabei gewesen noch Lust und vor allem kein Blut. Die Dinge ähnelten nicht wirklich dem, was sie sich vorgestellt hatte, aber das war nicht weiter schlimm. Sie lebte ein wunderbares Abenteuer und fühlte sich voller Liebe und Dankbarkeit. Von dieser Nacht an und in all den Nächten, in denen er nicht rätselhafter Weise verschwunden war, brachte er Antonia zur nämlichen Stunde an den nämlichen Ort. Sie unterhielt sich an einem Tisch auf der Terrasse vor der Dorfkneipe mit Madeleine und Lætitia, Pascal B. trank mit seinen Freunden am Tresen, dann trat er vor die Tür, gab ihr ein Zeichen, und sie folgte ihm. Er sprach nicht, während er fuhr, er fixierte die Straße mit ernster Miene. Kaum hatte er auf dem Feldweg geparkt, küsste er sie voller Ungestüm, und dann, als Antonia bereits zur definitiven Ausgestaltung des Rituals ihrer Beziehung ausreichend viel Erfahrung und Kühnheit angesammelt hatte, ließ er sich, den Blick verloren im Leeren, auf dem Sitz nach vorne gleiten, sie beugte sich dann über ihn, um seine Hose zu öffnen, blies ihm einen und krümmte dabei den Rücken, damit ihr der Schaltknüppel nicht allzu sehr die Brüste quetschte, doch er ließ ihr nie besonders viel Zeit und zog sie bald wieder hoch, und da wusste sie, dass es auf die Rückbank zu rutschen galt. Zwei- oder dreimal im August fickte er sie auf der Motorhaube des Autos, und sie konnte sich die Sterne ansehen. Sobald sie zurück in der Kneipe waren, zog Jean-Joseph C. mit Madeleine los, und nach deren Rückkehr war es Xavier S., der in

Begleitung von Lætitia die Richtung zum Feldweg einschlug. Alles geschah wie vorgesehen. Sie waren mit den Jungs zusammen, die sie kannten und seit ihrer Kindheit bewunderten, und diese wiederum hatten sie mit dem Wissen aufwachsen sehen, dass sie bereits ihnen gehörten, dass alles nur eine Frage der Zeit war. Sie waren von nun an ihre Frauen, und so wurden sie auch von allen genannt, niemand verwendete den Ausdruck »Freundin«, mit vollem Recht im Übrigen, denn sie waren tatsächlich zu kleinen Ehefrauen von sechzehn oder siebzehn Jahren geworden, frühzeitig gealtert und gefangen in den Bindungen einer ebenso steifen, gestelzten und eintönigen Beziehung wie die der herkömmlichsten aller Ehen. Antonia war also die »Frau von Pascal B.«, und diese neue Funktion, die sie vollständig definierte, bestimmte auch die Natur ihrer Beziehungen zu den Menschen, angefangen bei Pascal B. selbst, der sie mit einer Frömmigkeit und überhöhten, bis zur Prüderie gesteigerten Ehrerbietung behandelte, welche schon aus Prinzip jede öffentliche Bekundung von Zuneigung und, im Privaten, jeden plötzlichen Ausbruch von Begehren so kategorisch ausschloss, dass seine Art, es mit ihr zu treiben, im Grunde nichts anderes war als auch nur ein weiteres Zeichen von Ehrerbietung und Prüderie, ganz so, als könnte jede noch so geringe Neuerung, jeder spontane Ausdruck seines Begehrens, nur beleidigend sein und lasterhaft. Er hätte es als obszön empfunden, hätte Antonia sich als Geliebte leidenschaftlicher gezeigt, was auch nur zu denken er sich qualvoll verbot, und die Vorstellung, dass Ehrerbietung und Prüderie Obszönität erst auf die Spitze zu treiben vermochten, kam ihm niemals in den Sinn.

Seit Kurzem erst war Antonias Pate für einige Gemeinden zuständig, zu denen, wie er sich es vorgenommen hatte, auch diejenige seines Dorfes zählte, und das Liebesleben seiner Patentochter, waren ihm auch keine fleischlichen Details bekannt, verstimmte ihn aufs Heftigste. Er hatte nichts gegen Pascal B., und dessen Tod, im Jahre 1999, hatte ihn ernsthaft geschmerzt, wie ihn der frühzeitige Tod von allzu vielen jungen Menschen geschmerzt hatte, die er von klein auf kannte und deren sterbliche Überreste er mit gesenkter Hand über dem von Mal zu Mal bedrückender empfundenen Gewicht des Weihrauchfasses gesegnet hatte, nein, er hatte nichts gegen Pascal B., aber er konnte nicht zulassen, dass Antonias Schicksal auf so traurige Weise vorgezeichnet sein sollte, und er empfand unendliches Mitleid mit ihr, da er wusste, dass sich die Liebe eines Mannes wie Pascal B., diese zugleich aufrichtige, ungeschickte und herablassende Liebe, zwangsläufig als toxisch erweisen musste und sie selbst davon keine Vorstellung besaß. Er wünschte, sie würde sich dessen so schnell wie möglich bewusst werden, bevor sie vollkommen verwelkt wäre und ihr nichts mehr bliebe als bitteres Bereuen. Er erlaubte sich keine einzige moralische Bemerkung, er betete für sie, er betete, dass Gott Sich ihrer erbarmen und sie befreien möge, und nun, vor dem Sarg, betet er ein weiteres Mal darum und hört die Melodie eines unbekannten *Kyrie eleison*. Der Gesang hebt mit einem kaum wahrnehmbaren Klang an, als kämpften die Stimmen gegen die sie erdrückende Furcht und Angst in der Hoffnung an, erhört zu werden und sich von der Erde lossagen zu können, und da endlich scheint es ihnen zu gelingen, der Ruf des *Christe eleison* erfüllt nach dem Crescendo der drei ersten *Kyrie* die ganze Kirche in einer so vollkommenen Harmonie, dass dem Priester darüber das Herz bricht. Vom zweiten *Christe* an aber führt ein Wechselgesang eine verminderte Septime ein, ganz zart zunächst, dann immer deutlicher. Marc-Aurèle hat aufgehört zu weinen und fixiert, mit völlig verstörter Miene, die Sänger. Der Priester schließt die Augen. Er hat keine Lust, das Gesicht seines Neffen zu sehen. Er hätte sich entscheiden sollen, die Messe mit dem Rücken zur Gemeinde zu lesen, so, wie es die außerordentliche Form des römischen Ritus vorsieht, um aufrecht dazustehen, im Angesicht des Kreuzes, dann hätte er schlichtweg dem Gesang gelauscht, dem vollkommenen Gebet, das auf diese Weise geschützt gewesen wäre vor dem Egoismus der Menschen, der so tief in ihren Herzen verwurzelten ist, dass er ihren Drang zum Herrn schon besudelt, sobald sie sich auch nur mit eigenen Worten an Ihn wenden wie an einen grausamen und launenhaften Despoten, der sich da besänftigen lassen soll von ihrem Gehabe, ihrem servilen Gefeilsche, der niederträchtigen Komödie ihrer Reue, ihrem bedingungslosen Aberglauben, von alldem, was sie, im Grunde, so verabscheuenswert und so sehr des Mitleids würdig werden lässt, wenn sie ihre angsterfüllten Augen in der Hoffnung gen Himmel richten, Gott möge das Manna Seiner willkürlichen Wohltat über sie ergießen und sie schützen vor zahllosen Plagen, vor Blutströmen, vor Mücken und Bremsen, vor Hagel, vor Frosch- und Heuschreckenregen, vor dem Ascheregen, der 1983 an einem Tag im September von der Dämmerung an und dann den ganzen Morgen über auf das Dorf niedergegangen war.

Als Antonia erwachte, sah sie schwarze Gebilde im Himmel flattern, die von einem glühend heißen Wind getragen wurden und in unregelmäßigen Flugbahnen zu Boden segelten. Sie ging vors Haus und sah, dass es sich um verkohlte Blätter handelte, von denen einige ihre Form so gut erhalten hatten, dass man das feine Netzwerk der Aderung noch erkannte, bevor sie zu Staub zerfielen, sobald man sie nur mit dem Finger berührte. Ein ungeheurer Waldbrand war auf der anderen Seite des Berges ausgebrochen. Zwei Dörfer hatten evakuiert werden müssen. Wenn der Wind nicht dreht, sind wir dran!, sagte Antonias Vater, und alle beteten, der Winde möge drehen und das Feuer zu fremden Wohnsitzen leiten. Antonias Pate, von dem sich alle erhofften, sein Priesteramt möge ihm besonderes Gehör aufseiten des Herrn verschaffen, ließ sich ebenfalls zu diesem so wenig barmherzigen Gebet hinreißen, da ihm in diesem Augenblick das Schicksal der Mitglieder der anderen Gemeinden in seiner Verzweiflung tatsächlich vollkommen gleichgültig war. Der Ascheregen nahm zu, es wurde heißer und heißer, und gegen Mittag waren sie alle am höchsten Punkt des Dorfes versammelt und beobachteten den Berg. Weiter unten zogen Löschflugzeuge vergeblich wieder und wieder ihre Bahnen. Die Alten bekreuzigten sich unter Tränen. Antonia hatte ihre Kamera dabei. Hast du selbst jetzt nichts Besseres zu tun?, fragte ihr Vater außer sich. Ich weiß wirklich nicht, was mich davon abhält, dir eine runterzuhauen! Noch nie hatte sie ihn so zornig erlebt. Kein einziges Mal hatte er während Antonias Kindheit die Hand gegen sie erhoben und es schien sehr unwahrscheinlich, dass er den achtzehnten Geburtstag seiner Tochter abgewartet haben sollte, um eine Laufbahn als gewalttätiger Vater einzuschlagen; sie hielt es dennoch für klüger, auf Abstand zu bleiben. Mach dir keine Sorgen, sagte ihr Pate. Er meint nicht, was er sagt. Plötzlich vernahm man ein gewaltiges, dumpfes Tosen, das Feuer hatte fünfhundert Meter weiter oben die Bergkuppe erreicht und drang nun nach unten vor. Das Prasseln des Brandes war ohrenbetäubend, man hätte meinen können, es stammte von einem Monstrum aus der Apokalypse, einem Monstrum mit Körper aus Flammen, und Antonia hatte, zum ersten Mal an diesem Morgen, Angst. Sie drückte ihr Auge gegen den Sucher und fühlte sich ruhiger. Sie hörte Schreie. Vor ihr drehte sich eine Frau um, den Mund vom Grauen verzerrt, die Hände zum Himmel gereckt, und lief plötzlich los. Alle flüchteten. Antonia drückte mehrfach ab. Einige Männer weinten. Sie hörte, wie man ihren Namen rief. Sie antwortete nicht und machte stattdessen weitere Fotos. Pascal B. packte sie am Arm. Was machst du? Du musst weg von hier! Du musst sofort weg! Deine Eltern suchen dich! Sie wollte protestieren, aber er zog sie, ohne hinzuhören, mit sich fort und er wiederholte, bis sie bei ihr zu Hause angelangt waren, dass sie verrückt sei. Die kräftigen Männer blieben vor Ort, um mit lächerlichen Mitteln die Häuser zu verteidigen. Sie fragte, ob sie auch bleiben könne. Du fängst dir wirklich gleich eine, brüllte ihr Vater. Und wenn nötig eine zweite! Sie wurde dazu gedrängt, gemeinsam mit ihrer Mutter und Marc-Aurèle in ein Auto zu steigen. Während sie sich vom Dorf entfernten, machte sie durch das offene Fenster weitere Aufnahmen. Das Dorf verbrannte nicht. Es blieb bestehen, dem Meer gegenüber, angeschmiegt an den schwarzen Hang des Berges, den wieder zu begrünen die Dornenranken, die Macchia und das Unkraut Monate benötigten. Antonias Eltern weigerten sich, die Bilder anzusehen, die sie während des Waldbrands geschossen hatte. Pascal B. warf ein Auge darauf und hob, zum Zeichen der Anerkennung, lasch den Kopf. Nur ihr Pate interessierte sich wirklich dafür. Antonia zeigte ihm das Bild, welches ihr das beste zu sein schien: Man sieht darauf zur Hälfte die brüllende Frau, ihren erhobenen Arm, ihre Hand mit ausgespreizten Fingern, und, hinter ihr, oberhalb der ersten Häuser des Dorfes, die Feuerwand. Auf einem anderen weint, im Aschenregen, ein kniender Mann in seine gefalteten Hände. Antonias Pate lieh sich die Fotos aus und gab sie, ohne es zu sagen, einem seiner Freunde, der im Lokalbüro der regionalen Tageszeitung arbeitete. Ende September widmete die Zeitung ein ganzes Heft den Sommerbränden unter dem einfachen Titel »Reise ans Ende der Hölle!«. Zwei von Antonias Bildern waren darin abgedruckt. Der Chefredakteur hatte tatsächlich die mittelmäßigsten ausgewählt, Antonia aber war derart glücklich, dass nichts sie verärgern konnte. Sie lief mit dem Heft zu Pascal B. Er war nicht zu Hause. Seine Mutter unterrichtete sie schluchzend davon, dass ihr Sohn um sechs Uhr morgens gemeinsam mit Jean-Joseph C. festgenommen worden sei. Anscheinend waren andere militante Nationalisten so gut wie überall in der Gegend festgenommen worden. Antonia verabschiedete sich gesenkten Kopfes. Sie suchte ihren Paten. Sie fand ihn in der Kirche. Sie haben ihn schon wieder festgenommen. Kaum hatte sie diese Worte ausgesprochen, brach sie zusammen. Ihr Pate nahm sie in seine Arme, sie schluchzte laut, und er flüsterte ihr zu, meine Kleine, meine Kleine, meine liebe Kleine. Sie zitterte, sie war verzweifelt, sie musste in einer Woche zur Uni, nach Nizza, wie nur sollte das gehen?, und damals, im September 1983, da weinte sie in seinen Armen, vor der Marienstatue, dort, wo heute, zu beiden Seiten ihres Sarges, die Kerzen brennen, während das *Kyrie eleison* in der schmerzhaften Zerrissenheit einer wundersamen Dissonanz zu Ende geht, der Akkord Moll, die Septime vermindert.

4

# Epistel: Erster Brief des Paulus an die Thessa-lonicher

(AUF DEM BROTMARKT ERHÄNGTE ARABER, TRIPOLIS, 1911)

Marc-Aurèle liest mit erstaunlich fester Stimme.

*Wir wollen, Brüder, euch nicht in Unkenntnis belassen,*
*was die Toten betrifft ...*

Nein, wir werden, was die Toten betrifft, nicht in Unkenntnis bleiben. Die Geschichte der Fotografie hat mit dem Leblosen begonnen, als die Sonne ihren Lauf am Himmel über dem Anwesen von Nicéphore Niépce erst beschließen musste, bevor sich auf einer Platte aus Metall endlich das merkwürdige Bild von ringsum beleuchteten Mauern und der schwarze Umriss eines im Licht erstarrten Obstbaums einbrannten. Es war damit unabwendbar, dass die Fotografie, nach Überwindung ihrer ersten Scham, von der Unbeweglichkeit der Steine, der getrockneten Blumen und Kanonenkugeln zu jener, nicht minder perfekten, der Leichen übergehen sollte, der einbalsamierten Ahnen, der früh verstorbenen Kinder, der Soldaten der Union auf dem Schlachtfeld von Gettysburg, der Nationalgardisten und der Erschossenen der Pariser Kommune, aufgereiht in aus Brettern gezimmerten Särgen.

Zum Zeitpunkt, da Gaston C. Ende November 1911 Paris verlässt, um zum ersten Mal nach Tripolitanien zu reisen, erlaubten es die modernen Apparate längst, die Bewegungen des Lebens erstarren zu lassen. Ein gestochen scharfes Gesicht ist nicht mehr notwendigerweise das einer Leiche. Aber diese einfachen technischen Fortschritte können offensichtlich nicht die innige Verbindung auflösen, die die Fotografie von Anfang an mit dem Tod vereint.

In seinem Gepäck führt Gaston C. eine Kodak-Kamera mit sich, die ihm ein Freund geliehen hat. Es sind aber nicht seine jämmerlichen Talente eines Amateurfotografen, die es ihm einbrachten, von *Le Matin* dazu auserkoren zu sein, über den Krieg zu berichten, durch den Italien sich erhofft, nun seinerseits zur Kolonialmacht zu werden. Gaston C. ist Schriftsteller, und man erwartet von ihm, dass er minutiös die Chronik der Niederlagen des Osmanischen Reiches führe, dessen Agonie soeben begonnen hat. Ende September haben die italienischen Truppen, die sich mehrheitlich aus Soldaten der südlichen Regionen zusammensetzen, Sarden, Kalabrier oder Sizilianer, Tripolis eingenommen. Der Generalstab stellt sich vor, dass die einheimische Bevölkerung ihm wohlgesonnen sei oder aber, im schlimmsten aller Fälle, die Kämpfe mit Gleichgültigkeit betrachte. Im Oktober jedoch, als sie in der Oase von Sciara Sciat gegen die Türken kämpfen, werden die Soldaten des 11. Bersaglieri-Regiments aus dem Hinterhalt von Beduinen angegriffen, die sie in Stücke reißen, und zwar so buchstäblich wie nur eben denkbar: Ihre Leichen sind zerstückelt, die Genitalien abgeschnitten, die Augen ausgerissen. Die sofortige Vergeltung der Italiener ist derart roh, dass sich die europäische Presse dank entsetzter Berichte einiger sich vor Ort aufhaltender Korrespondenten darüber echauffiert. Die Italiener sehen sich mit einem bislang nicht dagewesenen Problem konfrontiert: dem ihres Ansehens. Die Massaker und Deportationen sind kurzerhand der Sphäre des Vertraulichen entrissen worden, um im Rampenlicht präsentiert zu werden. Das Kommunikationsgefecht muss in der Presse mithilfe von verständnisvollen Journalisten geführt werden, die man nach Tripolis lädt. Gaston C. ist einer von ihnen. Er ist glücklich darüber. Gaston C. liebt Italien leidenschaftlich, oder, genauer, er liebt das Dekor der Pariser Opéra comique leidenschaftlich, die, in seiner Vorstellung, für Italien steht. Und er träumte immer schon davon, den Orient zu sehen, will heißen, auch hier wieder, den ermatteten Harem, die flanierenden Kurtisanen und die Dromedare im Schatten großer Dattelpalmen, was, in seiner Vorstellung, für den Orient steht.

Die kleine Kodak im Gepäck, frohen Herzens und voller Erregung, fliegt Gaston C. nach eigenem Wunsch und Begehr. Er ist nicht enttäuscht, und er könnte es auch gar nicht sein, da die Kraft dieses Begehrens so geartet ist, dass er zunächst nichts von dem, was sich seinem Blick darbietet, wahrnimmt. Die Italiener sind allesamt bezaubernd, redselig, gelassen und unbeschwert, die Gendarmen inbegriffen, die er unwiderstehlich komisch findet. Das unvergleichliche Blau des Himmels und des Meeres rufen Verzückung in ihm hervor. Jede Blume, jede Frucht scheint voller Unschuld im Garten Eden gewachsen zu sein, die Düfte machen ihn trunken, und der Monat November ähnelt dem Sommer.

Er verspricht seiner Frau, sie eines Tages all diese Wunder entdecken zu lassen.

In Messina, in Syrakus geht das märchenhafte Schauspiel trotz Sturmböen weiter. Auf dem Schiff, schreibt er stolz an seine Frau, gehöre er zu den wenigen Passagieren, denen die Seekrankheit den Besuch des Restaurants nicht verbiete, das leider nur widerliche Kost serviere, begleitet von Weinen, die noch widerlicher seien. Eine Cholera-Epidemie hindert ihn daran, in Malta von Bord zu gehen. Die Cholera hat auch Tripolis erreicht, er weiß es, aber die italienischen Behörden haben sich von allen Journalisten, die nach Libyen kommen, das Versprechen geben lassen, nichts davon in ihren Artikeln verlauten zu lassen, wenn sie nicht umgehend ausgewiesen werden wollen. Gaston C. beugt sich murrend den Zumutungen einer Zensur, die er für äußerst ungerecht hält.

Doch er möchte Afrika sehen.

Am Morgen des 28. Novembers wird er der Küste gewahr; die Palmen, die Gebirge, die Wüste, alles ist da, und er kann nicht anders als glauben, dass die leuchtende Sonne über einem in Frieden lebenden Land erstrahlt. In Begleitung anderer akkreditierter Journalisten wird er von einem italienischen Offizier von äußerster Liebenswürdigkeit empfangen, der ihnen ein optimistisches Bild von der Situation an der Front zeichnet und ihnen frische Datteln anbietet. Gaston C. spaziert durch Tripolis, er fotografiert Handwerker, weiß verschleierte Frauen, verblüffte, im Staub spielende Kinder, und er hört, zum ersten Mal, den Muezzin zum Gebet rufen.

Er besucht die unter Beschuss der türkischen Artillerie stehenden italienischen Schützengräben. In seinem ersten Artikel gerät er in Verzückung über den unschuldigen Mut der *kleinen Soldaten*. Er macht ein Bild von ihnen, in der Hocke sitzend, in einer Reihe hinter ihrem Unteroffizier, das Bajonett aufgepflanzt, als würden sie gleich zum Sturm ansetzen. Sie setzen nicht zum Sturm an, aber der dunkle Stoff der Uniformen kontrastiert wundervoll mit dem Weiß des Sandes. Am nächsten Tag begibt er sich in ein den Türken eben erst wieder entrissenes Gebiet, wo man die Leichen von vierundzwanzig Bersaglieri des 11. Regiments aufgefunden hat. Sie waren mehr als einen Monat zuvor gefangen genommen, gefoltert und getötet worden. Gaston C. ist überwältigt. Er entschuldigt sich bei den Lesern des *Matin* dafür, ihnen die Lektüre eines solchen Grauens aufbürden zu müssen, aber sie müssen darüber informiert werden, denn wir dürfen, ganz eindeutig, was die Toten betrifft, nicht in Unkenntnis bleiben. Er beschreibt die zugenähten Augenlider, die abgeschnittenen Nasen. Er macht zudem Bilder, die unmöglich veröffentlicht werden können und nur zum Preis einer gewissen Anstrengung zu verstehen erlauben, was genau sie repräsentieren. Ein Soldat, den Unterleib vollkommen entblößt, ein Bein in einem unmöglichen Winkel hochgeknickt, liegt auf dem Hang einer Düne. Das Objektiv jedoch hat die Perspektiven ausgelöscht, und man gewinnt den Eindruck, ein zu Späßen aufgelegter Dämon habe ihn an der Ferse ergriffen und verkehrt herum, in der Luft hängend, der Trophäe eines surrealistischen Fischfangs gleich, in die Höhe gehalten. Ein Kopf taucht aus dem Boden auf, den man nur an seinem Gebiss erkennt. Unförmige Haufen liegen verstreut im Sand, bei denen man den Stoff nicht vom pergamentartigen Fleisch, das Gebein nicht von Totholzstücken unterscheiden kann. Gaston C. geht, die Luft der Wüste einzuatmen. Er vertraut seinen Apparat einem Offizier an und posiert zu Pferd, allein vor dem Horizont, den Tropenhelm auf dem Kopf. Er entfernt sich von den italienischen Positionen, steigt vom Pferd, streckt sich im Sand aus und betrachtet den afrikanischen Himmel, *Oh, dieser Himmel!*, schreibt er an seine Frau. Als er sich seinen orientalischen Träumereien entreißt, bemerkt er die Silhouetten bewaffneter Araber, die auf ihn zukommen. Er springt in seinen Sattel und verzieht sich im eiligen Galopp, um Schutz zu suchen. Er erzählt seiner Frau, wie viel Angst er hatte, geköpft zu werden, und wie sehr er diese Angst mochte, das Herz rasend bis zum Anschlag, ein Taumel, so grauenvoll wie köstlich, die pure Freude, lebendig zu sein.

Er betrachtet das Abheben der Flugzeuge, die der türkischen Infanterie das erste Luftbombardement in der Geschichte zufügen werden: über Schützengräben aus der Pilotenkabine von Hand abgeworfene Granaten. Bei ihrer Rückkehr überfliegt einer der Piloten den Hafen und macht überdeutliche Zeichen, er stürzt Richtung Meer und zischt, die Wellen streifend, zwischen zwei Kriegsschiffen hindurch. Von der Brücke her applaudieren Seeleute und stoßen Schreie aus.

Am 5. Dezember werden vierzehn Araber, denen man unterstellt, sie wären am Massaker von Sciara Sciat beteiligt gewesen, nach Tripolis geführt, die Hände hinter den Rücken gebunden, im Gänsemarsch, an der Leine. Gaston C. fotografiert ihre Ankunft vor dem Tribunal. Die Gefangenen setzen sich auf den gekachelten Boden, eingehüllt in ihre weiten, mit Kapuzen versehenen Burnusse. Ein italienischer Offizier liest die Anklageschrift in einer Sprache vor, die sie nicht verstehen. Hinter ihm, an der Wand, hängt ein Bildnis von König Viktor Emanuel. Die Aufständischen werden alle zum Tode durch den Strang verurteilt. Einer von ihnen fixiert am Ende des Tribunals das Objektiv von Gaston C., der diesen Blick niemals vergessen wird. In der Nacht, um vier Uhr früh, wohnt er der Hinrichtung auf dem Brotmarkt bei, wo der Galgen aufgestellt wurde. Er macht daraus für *Le Matin* einen Bericht von einwandfreier Professionalität; an seine Frau aber schreibt er, dass er nicht schlafen gehen wollte aus Angst vor furchtbaren Träumen. Er versteht die offensichtliche Gleichgültigkeit nicht, mit der die Verurteilten gestorben sind, er versteht ebenso wenig die Gleichgültigkeit der Menschenmenge, die sich um den Galgen versammelt hat, an dem die vierzehn Leichname den ganzen Tag über hängen bleiben, unter der Sonne, inmitten des fetten Surrens der Fliegen, und er fotografiert all das, was er nicht versteht, er nähert sich den Gehängten, er macht Nahaufnahmen von ihren Gesichtern, er findet sie *sehr schön*, er ist ganz nah bei ihnen, niemand sonst kommt ihnen so nah. Er wendet den Blick nicht ab, er hat keine Angst. Er ist gebannt wie durch einen Zauber. *Und ich bewahre in meiner Erinnerung das Gesicht eines Greises mit weißem Bart und das Gesicht eines Jugendlichen*. Spät am Nachmittag ist er noch immer da, als man die Leichen abhängt, um sie auf einen Karren zu stapeln, er macht Fotos, die religiösen Gemälden ähneln, den Pietas, den Kreuzabnahmen, und der Schleier der Muslimas erinnert ihn an Maria Magdalena am Grabe, er irrt sich bei den Einstellungen, die Verschlusszeiten sind zu niedrig, trotz der strahlenden Sonne sind die Umrisse zu unscharf, verfälscht, gespenstisch, ein durchscheinendes Leichentuch schwebt über dem Boden, und am 26. Dezember veröffentlich die Tageszeitung vier seiner Fotografien unter dem Titel »Was man in Tripolitanien sieht«: die vierzehn Araber im Halbdunkel des Kriegstribunals, die vierzehn Araber in einer Reihe gehängt, in der Luft baumelnd, an besagtem Galgen, unter den Augen einer Schar ungerührter Kinder, und schließlich ihre auf den Karren gestapelten Leichen. Es ist unmöglich zu sagen, ob Gaston C. es selbst gewesen ist, der die Fotos ausgewählt und zu einer Reihe gefügt hat, deren Logik nicht die der unabwendbaren Abfolge von Momenten in der Zeit ist, sondern, im Gegenteil, die ihrer Gleichzeitigkeit. Bei ihrer Betrachtung, ganz gleich, ob er nun für diese Reihung verantwortlich war oder nicht, muss er die Gewissheit erlangt haben, dass die vierzehn Angeklagten bereits in dem Augenblick tot waren, als er sie vor dem Militärtribunal fotografierte, trugen sie da doch schon bereits das jämmerliche Ende in sich, das sie an jenem Galgen erwartete, dessen riesiger Schatten von nun an ihr gesamtes vorheriges Leben verdunkelte, und Gaston C. gelingt es von nun an nicht mehr, etwas anderes zu fotografieren als den Tod.

Er spaziert durch Tripolis, er versucht vergeblich, den Orient wiederzufinden, den er aufsuchen wollte, er glaubt ihn in der Bude eines Schuhmachers wahrzunehmen, der ihn anlächelt, er nähert sich einem unter einem Vorbau eingeschlafenem Kind, betrachtet es einen Augenblick lang und lächelt selbst dabei. Er macht ein Foto von ihm. Er nähert sich ihm, um es aufzuwecken, da er ihm eine Münze schenken will, er berührt sanft eine kalte Schulter. *Das arme Kind war tot!*, schreibt er an seine Frau. *Wegen Hunger, Typhus, Cholera? Wir werden es nie wissen.* Er bleibt auf der Straße stehen. Er versteht nicht. Er wird wütend auf die Italiener, die sich darüber entrüsten, wie ihre Toten behandelt werden, die Leichen der Araber aber auf der Straße verwesen lassen. *Ich weine darüber noch immer*, schreibt er.

Ein Korrespondent der *Temps* wird auf offener Straße von einem Araber angegriffen, der ihn mit zwei Messerstichen verletzt. Er berichtet über das Ereignis in einem kurzen Artikel. Seiner Frau gegenüber beschreibt er seinen Kollegen als einen etwas feigen Maulhelden, der sein Missgeschick doch verdient habe. Ihn selbst, davon ist er überzeugt, wird niemand erdolchen, da er weiß, wie es sich Arabern gegenüber zu verhalten gilt, er verachtet sie nicht, er geht mit ihnen nicht brutal um, er stellt sich vor, dass solche Feinheiten Bedeutung haben, und nimmt die nächtliche Einladung einer angesehenen Persönlichkeit aus Tripolis an, er hat keine Angst, oder falls er doch Angst hat, beginnt er, diesen Taumel, dieses Gefühl, zu stürzen und sich im letzten Moment wieder zu fangen, wirklich zu lieben, ein Diener erwartet ihn vor seinem Hotel, verbeugt sich vor ihm, er folgt ihm, und wieder ist der Orient da, der Mondschein über den Minaretten, ein maurisches Heim, die Teppiche, das kostbare Geschirr, der Weihrauch, mag sein, und die mit Gold und Edelsteinen angefüllten Koffer, da der Islam es nicht zulässt, dass Geld Geld generiert, sowie die ihrem Herrn ergebenen Sklaven, der seine Wasserpfeife raucht und dabei sagt: *Unter denen, die die Italiener gehängt haben, waren Unschuldige.*

Er kehrt gesund und wohlbehalten zurück in sein Hotel, er wird von keinem Nachtmahr heimgesucht, sondern hat köstlich exotische Träume. Er wacht auf. Er versteht nichts. *Wie kann man in einem solchen Land überhaupt sterben?*, schreibt er weiter an seine Frau, und es gelingt ihm nicht, sich ein schlüssiges Bild dessen zu machen, was er gerade erlebt, er kann die Klarheit des Himmels und das verwesende Fleisch nicht in eins bringen, die Ruhe der Wüste und die Massaker, die Wollust und die Grausamkeit, es gelingt ihm nicht, es wird ihm niemals gelingen.

In einem Schützengraben, wenige Meter von ihm entfernt, taumelt ein von einer Kugel in die Brust getroffener italienischer Soldat und stürzt klagend zu Boden. Er murmelt irgendwelche Sätze im Dialekt, versucht vergeblich, sich wiederaufzurichten, und hört auf zu kämpfen. Seine Kameraden beginnen, sein Grab zu schaufeln. *Armer Pablo!* Sie tauschen Äußerungen voller Weisheit und Gelassenheit über die wohlbekannte kurze Dauer des menschlichen Lebens und die Macht der Resignation aus. Gaston C. bewundert ihren Stoizismus. Unter diesen mutigen *kleinen Soldaten* befindet sich möglicherweise der Obergefreite Samuele S., der, unmittelbar nach seiner Rückkehr in die Heimat, einer Gegend bei Ogliastra, Sardinien, die ganze Familie samt aller Frauen und der von ihnen gestillten Kinder jenes Mannes massakrieren wird, der einst seinem Vater ein Glas Wasser verweigert hatte. Doch die Gefasstheit von Samuele S. und den Seinen angesichts des Todes wird er niemals als *gleichgültig* oder *fanatisch* bezeichnen. Gaston C. ist allem fern, den Italienern, den Arabern, sich selbst. Aber er nähert sich dem, was er zeigen möchte, sehr nah, viel zu nah, er taumelt, Tag für Tag verfolgt er die Ankünfte weiterer Menschen vor dem Kriegstribunal, denen weitere Hinrichtungen durch den Strang folgen, das stets gleiche mit widerwärtiger Selbstgerechtigkeit vollendete Scheingeschehen unter dem Porträt des Königs, er macht ein Foto von einem alten Mann, dessen Kopf mit einem Fez bedeckt ist, dann von einem anderen, jüngeren, der in seltsame, gestreifte Kleidung gehüllt ist, sie beide sind lebendig, sie stehen aufrecht da, am Eingang des Tribunals, zwischen zwei Gendarmen, aber Gaston C. weiß zu dem Zeitpunkt, da er abdrückt, genau, dass das nicht stimmt, sie sind nicht lebendig, sie sind bereits tot, und er sieht sie mit der größtmöglichen Präzision so, wie sie zwei Stunden später sein werden, die Hände hinter den Rücken gebunden, der alte Mann noch immer mit seinem roten Fez auf dem Kopf, beide gehängt auf dem Brotmarkt, vor dem unermüdlichen Objektiv, das sie bis zu ihrem Ende begleitet hat.

In Paris wartet man inzwischen auf seine Fotos ungeduldiger als auf seine Artikel. Weshalb er wahrscheinlich auch darauf besteht, sich dieses Spektakel der täglichen Tötungen anzutun, die ihm nach und nach Herz und Seele betäuben und ihn in einen Überdruss stürzen, von dem er befürchtet, er werde ihm niemals mehr entkommen. Man wird seine Fotos sehen, und dank ihrer wird alle Welt wissen, was sich hier einst abgespielt hat, die Erinnerung an jene, die in Tripolitanien zu Tode kamen, sie wird nicht im Nichts verschwinden, und niemand wird ignorieren können, dass sie gelebt haben. Gaston C. kämpft vergeblich gegen das Schweigen und das Vergessen an. *Ich will mich nicht als ungerecht erweisen,* schreibt er an seine Frau, *weder gegen die Italiener noch gegen sonst wen.* Aber er träumt noch immer von den Kämpfen, er möchte den Schauder der Angst lieber spüren als den des Ekels. Es wird nicht mehr gekämpft. Die Italiener haben sich in ihre kleinen Befestigungsanlagen zurückgezogen, nach einem glanz- und ruhmlosen Halbsieg. Gaston C. bittet darum, nach Bengasi fahren zu dürfen, man verweigert es ihm, er wird rasend wütend, er erstickt in Tripolis. Am Silvesterabend schweift er in der Residenz des italienischen Generalsstabschefs umher, ein Glas Champagner in der Hand, inmitten von Offizieren in Galauniform und Zivilisten in Frack und Zylinder, er vermisst die Burnusse aus weißem Barchent, die Feze, die Schleier. *Ich habe das Tripolis der Berber sterben sehen*, schreibt er an seine Frau. *In einem Jahr wird es hier nur noch die Gehröcke der Kellner und Bestatter geben. Die Farbe dieses schönen Landes verblasst.* Um ihm recht zu geben, beginnt am Neujahrsmorgen 1912 auf eine vollkommen graue Stadt Regen zu fallen, und er verspürt eine unstillbare Sehnsucht nach all jenen Dingen, die er so gern hätte erleben wollen, aber nie erleben sollte, weil er schlicht und einfach zu spät hergekommen war oder sie, was doch wahrscheinlicher, niemals existiert haben.

Er hat in Tripolitanien nichts mehr zu schaffen. Er wartet auf das Schiff, das ihn über Tunis und Algier zurück nach Frankreich bringen soll. Er fotografiert den Hafen. Große Stelzvögel am Strand. Er schreibt an seine Frau, dass er sich verändert habe, dass er sich trauriger fühle und klarer. *Es ist die Schlacht des Lebens, die mich gestärkt hat, und ich bin's, der Dich stärken wird.* Es ist stolz darauf, sich geweigert zu haben, der italienischen Propaganda vollkommen Genüge zu tun. *Trotz aller flehentlichen Bitten habe ich mich dagegen verwehrt, diejenigen Chroniken zu verfassen, die man von mir erwartete, weil ich es als unehrlich empfunden hätte, etwas zu sagen, was ich nicht dachte, und weil ich mich, wenn ich mich entschlossen hätte zu sagen, was ich dachte, dazu hätte durchringen müssen, diesen Boden zu verlassen, wo die geringste Disharmonie »Verrat« genannt wird, wo man um jeden Preis will, dass alles gut sei, selbst wenn alles schlecht ist, und dass alles reizend sei, selbst wenn alles furchtbar ist.* Doch wenig kümmert ihn der Grad seiner Aufsässigkeit und seiner Zugeständnisse, wenig kümmert ihn der Inhalt seiner Artikel, die Stilfiguren und rhetorischen Meisterleistungen. All dies ist von der brutalen Macht der Fotografien hinweggefegt worden.

In Marseille sieht er seine Frau wieder. Der Krieg liegt hinter ihm. Je mehr die Monate ins Land gehen, desto stärker erinnert er sich nicht etwa an die Gesichter der Gehängten, nein, sondern immer intensiver an den merkwürdigen Rausch der Feuergeschütze. Er hat Träume, in denen er mitten durch die Wüste galoppiert, die Kugeln der Araber zischen an seinen Ohren vorbei wie Schlangen, die zu beschwören er lernen würde. Er ist enttäuscht, im faden Komfort seines Zimmers aufzuwachen. Die Welt ist ihm wieder zu eng geworden. Er denkt ohne Unterlass an Tripolis, an die Kyrenaika, die man ihn nicht hat aufsuchen lassen. Er vergisst seine damaligen Zweifel, seinen Überdruss, seinen Ekel. Er ist ein weiteres Mal vom blinden Begehren gepackt. Er würde sich gern wieder aufmachen. Der Erste Weltkrieg bietet ihm die Möglichkeit dazu. 1915 wird er in den Bilddienst der Armeen an der Balkanfront berufen.

Jahrzehnte später wird irgendwer die Fotos von Gaston C. wahllos gestapelt in einem Karton vorfinden. Er wird einen Unbekannten sehen, der einen riesigen Tropenhelm trägt, erstarrt auf seinem Pferd, inmitten der Weite einer anonymen Wüste, er wird schmutzige Kinder im Sand mit Steinchen spielen sehen, und vierzehn von so nah aufgenommene Erhängte, dass ihre Gesichter vollkommen klar zu erkennen sind, er wird aber weder wissen, wo noch wann noch warum sie gestorben sind.

*Tröstet also einander mit diesen Worten.*

5

# Sequenz: *Dies irae*

(MITGLIED EINES KOMMANDOS DER FLNC, KOMMISSARIAT IN AJACCIO, 1984)

Im Winter 1987 kam Antonia zum ersten Mal noch vor der Polizei am Tatort eines Verbrechens an. Sie hatte bis spät in den Abend hinein mit einem ihrer Kollegen in der Redaktion gearbeitet, und die beiden hatten beschlossen, in der Altstadt noch etwas trinken zu gehen. Sie hatten eben erst in einer Bar Platz genommen, als sie Schüsse hörten und, unmittelbar danach, ein losfahrendes Motorrad. Sie liefen in Richtung des Lärms, hinein in menschenleere Gassen. Sie sahen einen Geländewagen mit zerborstenen Scheiben. Auf der Fahrerseite ragte aus der halb offenen Tür ein Bein. Antonia meinte, den Fuß noch leicht zittern zu sehen. Der Typ war auf den Beifahrersitz gekippt. Die Mörder hatten auf ihn geschossen, als er gerade ins Auto gestiegen war, gut möglich aber auch, dass er noch die Zeit gehabt hatte, in einem letzten und lächerlichen Überlebensinstinkt die Fahrertür zu öffnen. Die Brust war blutüberströmt, die Kugeln hatten das Gesicht unkenntlich gemacht. Weiße Spuren glänzten auf dem dunklen Leder. Antonia machte Bilder von der Leiche, vom Wagen, von der Straße, aus allen möglichen Blickwinkeln. Es war das erste Mal, dass sie eine Leiche aus solcher Nähe sah. Beim Tod ihrer Großmutter war sie zehn Jahre alt, und ihre Eltern hatten ihr nicht erlaubt, das Zimmer zu betreten, wo die Greisin, das Gesicht endgültig zu jenem schmerzhaften Ausdruck erstarrt, den sie ihr Leben lang zur Schau gestellt hatte, auf eben jenem Bett ruhte, auf dem im August 2003 Antonia ihrerseits aufgebahrt werden sollte. Die Polizisten erschienen einige Minuten später und schnauzten die beiden Journalisten aufs Heftigste an, wobei sie ihnen vorwarfen, den Tatort versaut zu haben, und damit drohten, sie in Gewahrsam zu nehmen, damit sie mal lernten, was passiere, wenn man allen auf die Nerven gehe. Antonias Kollege versicherte ihnen, dass sie nichts berührt hätten, und trat vorsichtig den Rückzug an.

Sollten wir nicht bleiben?, fragte Antonia. Wäre doch interessant zu wissen, wer das ist.

Ich weiß, wer es ist, antwortete ihr Kollege und nannte einen Namen, den sie nicht kannte, der aber mit Sicherheit auf den Listen der Organisierten Kriminalität auftauchte.

Sie gingen zurück in die Redaktion. Eine Stunde später hatte Antonias Kollege einen Artikel verfasst, dessen viertausend Zeichen keine einzige Information zu dem hinzufügten, was der Titel nicht schon besagte: »Mann in Ajaccio getötet«. Seine lange Laufbahn bei der Regionalpresse hatte ihm zweifelsohne erlaubt, angeborene Talente weiterzuentwickeln, und so kultivierte der Journalist nunmehr die Kunst zu reden, ohne etwas zu sagen, und dies mit einer Virtuosität, die schlichtweg an Genie reichte. Er kombinierte auf meisterhafte Weise Allgemeinplätze, Klischees, vorgefertigte Ausdrücke und erbauliche Betrachtungen, sodass er, mühelos und egal über welchen Gegenstand, ausgesprochen nichtssagende Texte produzieren konnte. Der Artikel begann also mit der Äußerung, dass man *ein weiteres Mal nicht umhinkann, feststellen zu müssen, dass die Mörder ihrem Opfer keinerlei Chance gelassen haben.* Der systematische Mangel an Eleganz aufseiten der Mörder, die ganz offensichtlich Effektivität höher schätzten als die elementarsten Höflichkeitsregeln und sich de facto niemals die Mühe machten, ihrem Ziel das unmittelbare Bevorstehen seiner Hinrichtung anzukündigen, wurde jedes Mal für einen bedauernswerten Mangel an Fair Play gehalten, als hätten Vergeltungsakte wie mittelalterliche Tuniere zwischen Edelmännern abzulaufen. Das Opfer war, wie immer, *der Polizei bereits negativ bekannt,* die *trotzdem keine einzige Spur außer Acht ließ.* Der Artikel klang mit einer lyrischen Wehklage über Gewalt aus, gefolgt vom Wunsch einer Wiederherstellung der öffentlichen Ordnung gemäß *der legitimen Interessen unserer Mitbürger.*

Antonia ging die Bilder entwickeln. Zum Zeitpunkt der Aufnahme hatte sie keine besondere Emotion verspürt. Sie wusste, dass sie sich beeilen musste, bevor die Polizei kommen würde.

Außerdem hatte sie den Eindruck, dass ihr Kollege sie, nicht ohne ein gewisses Wohlwollen, überwachte, ganz so, als vollbrächte sie vor seinen Augen einen seltsamen Beweis, den gelingen zu sehen ihn glücklich stimmte. Erst jetzt, im roten Licht des Labors, sah sie, was sie fotografiert hatte. Aufmerksam das von den Kugeln zertrümmerte Gesicht betrachtend, die klaffende Wunde anstelle des linken Auges und die abscheuerregenden weißen Spuren auf den Sitzen, überkam sie mit einem Mal das Gefühl, sich übergeben zu müssen. Doch der Schwindel hörte recht schnell wieder auf. Sie legte die Bilder beiseite, die dem Auge der Abonnenten auf keinen Fall zur Frühstückszeit dargeboten werden konnten, und entschied sich für eines, auf dem nur der Geländewagen zu sehen war, Glasscherben und dieses unpassende Bein, das aus der Fahrertür ragte. Sie war erst vor wenigen Monaten in die Redaktion von Ajaccio berufen worden, und sie zog die Vergeltungsakte ganz eindeutig den Kirchweihfesten, Hochzeiten oder öffentlichen Feierlichkeiten vor, für die sie bislang abgestellt worden war. Da konnte man auch mal einen Brechreiz unterdrücken.

Sie hatte 1984 als Fotografin in einer kleinen Redaktion der Tageszeitung angefangen, damals, als sie noch »die Frau von Pascal B.« genannt wurde, was vielleicht ihre Arbeitgeber dazu bewogen hatte, sie trotz ihres jugendlichen Alters und ihrer völligen Erfahrungslosigkeit anzustellen, auch wenn in Wirklichkeit überhaupt keine besondere Erfahrung nötig war, um die lokalen Rubriken zu illustrieren. Es genügte, eine einzige Regel anzuwenden, deren Existenz Antonia sofort an ihrem ersten Arbeitstag begriffen hatte: systematisch das Weitwinkelobjektiv benutzen, ungeachtet der ärgerlichen ästhetischen Konsequenzen, die daraus erwachsen konnten. Antonia war gerade erst aus Nizza zurückgekehrt, wo sie ein vollkommen hohles Jahr an der Universität zugebracht hatte. Auch dort war sie in den Augen aller die Frau eines politischen Häftlings; das Milieu der Studenten von der Insel zollte ihr eine derart peinliche Ehrerbietung und beobachtete derart genau jede noch so kleine ihrer Gesten und Handlungen, dass sie das Leben einer einsamen Infantin inmitten einer Entourage von Anstandsdamen führte und sich furchtbar langweilte. Sie konnte weder auf Madeleine zählen, die sich daran ergötzte, vor Fachpublikum die Rolle der Ehefrau zu spielen, untröstlich zwar, aber mutig, selbst auch ein Opfer der Ungerechtigkeit des Staates, noch auf Lætitia, die fast so weit war, laut zu bedauern, dass Xavier S. nicht auch eingelocht worden war und ihr mit seiner Bedeutungslosigkeit den Platz genommen hatte, den sie in dieser Tragödie verdiente. Die sind inzwischen vollkommen durchgeknallt, beschwerte sich Antonia bei ihrem Onkel, und fügte hinzu, dass Nizza eine schreckliche Stadt sei, in der die Korsen so zahlreich seien, dass sie nicht einmal den Vorteil eines neuen Umfelds böte, unter diesen Bedingungen, so fügte sie hinzu, sei es besser, nach Hause zurückzukehren, als dort zu bleiben und alten arroganten Professoren zuzuhören, wie sie langweilige Vorträge über die Verfassung der Fünften Republik hielten, über Gesellschaftsrecht oder die Strafprozessordnung. Er wusste, er hätte sie zur Vernunft bringen, ihr empfehlen müssen, sich anzustrengen, oder ihr zumindest raten sollen, sich in Corte einzuschreiben, wo die Universität vor zwei Jahren ihre Pforten eröffnet hatte, um es dort mit einem Studium zu versuchen, das besser zu ihr passte als Jurisprudenz, aber er war dazu nicht fähig, das vollkommen unverhältnismäßige Mitgefühl, das er für Antonia schmerzhaft empfand, hinderte ihn daran, sich selbst vernünftig zu verhalten, und so suchte er seinen Journalistenfreund auf und flehte ihn an, seine Nichte als Fotografin anzustellen. Er rief in der Bar in Nizza an, in der Antonia häufig verkehrte und wo er, wenn sie nicht da war, eine Nachricht hinterlassen konnte, der Chef der Bar aber reichte ihn direkt an seine Nichte weiter, und als er ihr die Neuigkeit mitteilte, stieß sie einen lauten Freudenschrei aus. Ich bin so glücklich! Und Mama ist einverstanden? Ja, ja, druckste er herum. Nachdem er aufgelegt hatte, versuchte er, sich zu überzeugen, keine schamlose Lüge in die Welt gesetzt zu haben, da er in seiner Eilfertigkeit vollkommen vergessen hatte, seine Schwester zu konsultieren. Logisch gesehen war es natürlich nicht unmöglich, dass sie ihm gratulieren würde, diese brillante Initiative ergriffen zu haben, und sie voller Enthusiasmus auch gutheißen würde, so gesehen hätte er dann nur die Verfehlung begangen, sich einen kleinen Vorsprung vor der Wahrheit eingeräumt zu haben, was man allerhöchstens als eine lässliche Sünde betrachten konnte, aber, wie zu erwarten, hieß seine Schwester sie alles andere als gut, und es hätte nicht wenig gefehlt, und sie wäre wegen Erhebung der Hand gegen einen Mann der Kirche der Verdammnis anheimgefallen. Er beschwor sie, sich doch zu beruhigen und Antonia herzlich aufzunehmen, wenn sie aus Nizza zurückkomme, sie könne ja nichts dafür, er allein sei schuld, und er zeigte sämtliche Zeichen absoluter Reue. Armer Irrer!, sagte seine Schwester, das Gör führt dich schon immer an der Nase herum, und du bist dir dessen nicht einmal bewusst!, und er senkte den Kopf, während sie einen vor lauter Empörung zitternden Zeigefinger auf seine Nase richtete, sie war kurz davor, ihn zu ohrfeigen, wie damals als sie noch Kinder waren und er eine Dummheit begangen hatte, und er bereitete sich innerlich schon darauf vor, auch die linke Wange erbärmlich hinzuhalten, nachdem er auf die rechte geschlagen worden wäre, als sein Schwager ihm zu Hilfe kam und die Stimme der Weisheit erklingen ließ: Der Großteil der jungen Leute aus der Gegend, die in den letzten Jahren weg zur Uni gegangen seien, bekämen nicht einmal das einfachste Diplom hin, sie irrten vom ersten Semester zum nächsten ersten Semester herum, steckten keine Nase in irgendeinen Kurs, gingen nicht einmal zu den Prüfungen und verbrächten ihre Zeit mit ungezügelten Zechtouren, bezahlt vom Geld, das ihre unglücklichen Eltern ihnen schickten; es gäbe überhaupt keinen Grund, sich zu beklagen, wenn Antonia in einem Bereich arbeiten könne, den sie sogar liebe, anstatt ebenfalls die Abwege von Ausschweifung und Verderben zu betreten.

So zog Antonia also, ausgestattet mit einer professionellen Kamera und einem 16–35-mm-Zoom-Objektiv, für ihre erste Reportage aus, zu einem Pétanque-Wettbewerb mit Gruppen zu je drei Spielern, in einem Dorf in den Bergen. Sie musste Fotos machen, natürlich, aber auch Impressionen einfangen, Organisatoren und Teilnehmer ablichten, und sie widmete sich ihrer Aufgabe ebenso ernsthaft, als hätte man sie beauftragt, über die Konferenz von Jalta zu berichten. Sie verewigte den Schützen der Siegermannschaft aus der Froschperspektive, in dem Augenblick, da die Stahlkugel aus seiner Hand flog, um im Sommerhimmel eine weite glänzende Kurve zu beschreiben, sie fotografierte das Überreichen der Trophäen, und sie unterhielt sich während des Abschlussaperitifs ausführlich mit den lokalen, mehr oder minder mit Pastis getränkten Volksvertretern. Als der Redaktionschef von ihrer Arbeit Kenntnis nahm, stieß er einen Seufzer des Bedauerns aus. So gehe das ganz und gar nicht. Antonia habe ganz offensichtlich nicht verstanden, was man von ihr erwarte, und er begann, es ihr genau zu erklären, wobei er sie mit zärtlicher Herablassung »mein Herzchen« nannte. Eine Partie Pétanque im ländlichen Milieu sei natürlich kein geeignetes Ereignis, irgendjemandes Interesse zu erwecken, mit der erwähnenswerten Ausnahme derer, die daran beteiligt gewesen seien und die sich nur deshalb so sehr dafür interessierten, als dies eine Gelegenheit böte, in der Zeitung Erwähnung zu finden, ja sogar den Artikel auszuschneiden, um der Nachwelt eine Erinnerung an diesen außergewöhnlichen Tag zu vermachen. Antonias Unbeholfenheit und ihre ästhetischen Ansprüche würden ihnen also eine Freude versagen, mit der sie rechneten, und es bestehe gar kein Zweifel, dass sie am nächsten Tag in der Zeitung anrufen würden, um ihre Enttäuschung kundzutun, damit mache man ganz sicher keinen Stich, und dies sei auch der Grund, warum bei solchen Gelegenheiten ein Gruppenfoto zu machen sei, bei dem so viele Menschen wie möglich auf dem Bild sein sollten, angefangen beim Bürgermeister samt vollzähligem Gemeinderat. Zu was sollte ein Weitwinkelobjektiv sonst nützlich sein? Antonia, der der rhetorische Aspekt dieser Frage nicht aufgefallen war, begann, eine Liste möglicher und zugleich vertretbarer Anwendungen vorzubringen, die zu Ende zu führen der Redaktionschef ihr keine Zeit ließ.

Ich diskutiere nicht mit dir, mein Herzchen: Ich erkläre dir deine Arbeit. Wenn du was Kreatives machen willst, mach es in deiner Freizeit.

Das Weitwinkel ins Gehäuse geschraubt, produzierte sie nun am laufenden Band grauenvolle Gruppenbilder, bei Kirchweihfesten, Eröffnungen von Campingplätzen, Schönheitswettbewerben, diversen Gedenkveranstaltungen, und sie setzte dabei die Anweisungen von oben mit solch einer gewissenhaften Beflissenheit um, dass sie sich weigerte, die Brennweite auch dann zu ändern, wenn sie ausnahmsweise einmal Einzelpersonen oder ein Pärchen in Nahaufnahme fotografieren sollte. Auf den Bildern der mit »Sie haben Ja gesagt« oder etwa auch »Zwei ›Ja‹ für einen Namen« überschriebenen Artikeln zeigen die durch eine 16-mm-Linse verunstalteten Jungvermählten alle den gleichen übermäßigen Nasenansatz, während sich ihre Ohren gefährlich weit zur Horizontlinie hin dehnen, als hätte jemand, aus was für einem geheimen perversen Wunsch auch immer, versucht, ihnen die Köpfe mithilfe eines Schraubstocks abzuflachen. Sie klagte ihren beruflichen Frust einem ihrer Kollegen, den sie besonders schätzte, da dieser sich nicht wie die anderen Fotografen der Zeitung dazu verpflichtet fühlte, ärmellose, mit einer Unmenge nutzloser Taschen verzierte Westen und schlampig um den Hals gebundene Cheches in Sandfarbtönen zu tragen, die ihnen das Aussehen von Haudegen verleihen sollten. Er arbeitete inzwischen seit mehr als dreißig Jahren für die Zeitung und hatte sich längst damit abgefunden, keine Erwartungen mehr an seinen Beruf zu stellen. Jedes Wochenende durchkämmte er jedoch die Insel auf der Suche nach aufgegebenen Schäfereien, er hatte Hunderte von ihnen fotografiert, Mauern aus Granit, Mauern aus Schiefer, von Brombeerranken überwucherte Mauern aus Kreide, zusammengesackte Dächer, an Wegen gelegen, deren Existenz niemand mehr erinnerte, er wollte ein Buch daraus machen, er suchte einen Verleger, und Antonia verstand einfach nicht, wie man sich so weite Bergtouren aufbürden konnte, nur um an düsteren und trostlosen Orten verlassene Steinhaufen zu fotografieren, als er ihr jedoch seine Arbeit zeigte, war sie gebannt von der ästhetischen Kraft, die dieses minutiös geführte Inventar des Verfalls ausstrahlte, das weder von der Vergangenheit zeugte noch von der Natur, sondern ausschließlich von der unentrinnbaren Niederlage des Menschen. Denn wie der Chef der Zeitung es ihr suggeriert hatte, machte auch sie in ihrer Freizeit ihre eigenen Fotos, die das Bild der nämlichen Niederlage nachzeichneten. Sie schoss, zur Stunde des Aperitifs, in der Kaminecke der Bar, Porträtaufnahmen ihrer Freunde, wie sie die Glut anstarrten, und samstagnachts, in einem menschenleeren Club, der muffig und nach kaltem Rauch roch, fing sie deren Enttäuschung ein, den trübsinnigen Ablauf verlorener Existenzen im Nebeldunst eines endlosen Winters, wie sie zwischen Whisky- und Gin-Flaschen, auf denen der Name des Dorfes mit schwarzem Filzstift in Großbuchstaben geschrieben stand, über den Tresen hingen, während sie wartete, bis alle so tief in sich versunken waren, dass sie ihre Anwesenheit und die ihrer Kamera vollkommen vergaßen und sie selbst unsichtbar wurde, oder sie zog, auf der Suche nach verlorenen Menschen, durch die Straßen des Dorfes, eine alte Frau, in der Nähe des Bäckerwagens, auf einen Stecken gestützt, zwei Hunde an ihrer Seite, ein Kind, in der Hand eine Mülltüte, wie es sich einem Container aus Beton nähert, in welchem Unrat brennt, mit hoher, schwarzer Rauchfahne, die in dichten Wirbeln in den farblosen Himmel steigt. Keine der Situationen, die sie auf ihren Filmen festhielt, bildete für sich genommen ein Ereignis, der Redaktionschef hätte niemals akzeptiert, dass sie in der Zeitung erschienen, und doch waren es genau diese Aufnahmen, die weitaus deutlicher als die der Pétanque-Spieler oder der verantwortlichen Leiter der Département-Verwaltungen der Wirklichkeit des Lebens den Schleier hoben. Antonia liebte es damals, sich ohne jede Bescheidenheit vorzustellen, sie wäre eine Vestalin, die die fragile Flamme der Wahrheit wachhielt. Wenn sie jedoch ihre persönlichen Fotografien besah, ahnte sie, dass bei dieser Geschichte mit der Wahrheit nicht alles wirklich stimmig war. Durch ihr Objektiv gefiltert erinnerten all ihre Freunde an tragische Helden, die unbeschreiblichen Martern ausgeliefert waren, was bei einem Jungen wie Simon T. noch gut und gern der Fall sein mochte, in Bezug auf Lætitia O. aber deutlich weniger zutraf, die sich, nachdem sie ihr Studium in Nizza ebenfalls abgebrochen hatte, nun dem Müßiggang hingab, oder auf Xavier S., dessen Innenleben, soweit Antonia dies beurteilen konnte, genauso wenig bewegt zu sein schien wie das einer im Packeis eingefrorenen Amöbe. Denn das Problem war exakt das der völligen Abwesenheit von Tragik, und Antonias Fotografien vermochten dies nicht sichtbar zu machen, waren sie doch viel zu stark mit einer Bedeutung aufgeladen, die nicht im Raum stand. Ihren Bildern fehlte es an Unschuld. Sie nahmen nicht nur einfach die arglose Spur des Augenblicks in sich auf, sondern schrieben sich, ohne dass Antonia verstand, warum, in ein geschwätziges und gekünsteltes Geflecht überflüssiger und vielleicht sogar verlogener Interpretationen ein. Zur selben Zeit suchten in Tränen aufgelöste Frauen in der Türkei nach den Opfern eines Erdbebens, explodierte in Beirut eine Autobombe, hob ein Mann die Leiche eines Kindes dem Himmel und dem unauslöschlichen Zorn Gottes entgegen, und dort waren Fotografen vor Ort, sie machten sichtbar, was niemand sehen wollte, sie waren nicht auf dümmliche Weise zwischen Unbedeutsamkeit und Lüge hin- und hergerissen, sie waren nützlich, mutig und eigensinnig, und Antonia, für die damals, nach Ajaccio, Nizza die nördliche Grenze der bekannten Welt darstellte, träumte davon, sich ihnen anzuschließen und mit ihnen gegen die Bequemlichkeit der Unkenntnis anzukämpfen. Von Zeit zu Zeit boten ihr Bombennächte oder Vergeltungsakte die Gelegenheit, die authentische Arbeit einer Journalistin zu leisten, diese Ereignisse jedoch waren eher selten, und sie brachte von ihnen nur die belanglosen Negative von zerstörten Zweitwohnsitzen nach Hause, oder von Polizisten, die sich über eine Leiche beugten, der sie sich gar nicht erst hatte nähern dürfen.

Ihr neuer Beruf, so unbefriedigend er auch war, hatte ihr zumindest erlaubt, ihre Unabhängigkeit sehr viel früher zu erlangen, als sie es sich vorgestellt hatte. Sie hatte das Zimmer ihrer Kindheit und das Dorf hinter sich gelassen, um in der Stadt eine Wohnung zu mieten, und sich einen Gebrauchtwagen gekauft, für den sie einen Kredit aufgenommen zu haben vorgab, den ihr Onkel aber heimlich für sie bezahlt hatte. Sie hatte ihr Zimmer sorgsam dekoriert, sie ließ darin Räucherstäbchen und Armenisches Papier abbrennen, und sie stellte sich vor, wie sie, in der Reinheit sauberer Laken, neben Pascal B. lag, sobald dieser nur aus dem Gefängnis kommen würde. Als sie im Mai 1985 erfuhr, dass er, gemeinsam mit Jean-Joseph C., freigelassen werden sollte, konnte sie sich nicht zurückhalten und musste inmitten der Büroräume der Redaktion weinen. Der Chef und ihre Kollegen kamen zu ihr geeilt und umarmten sie, woraufhin sie nur noch heftiger weinte. Sie hatte inzwischen fast zwei Jahre auf Pascal gewartet, und nun, da er spätestens am nächsten Tag in Ajaccio landen sollte, war ihr, als könnte sie keine Minute länger mehr warten. Aber auch die längsten Stunden enden natürlich irgendwann, und also fuhr sie los zum Campo dell'Oro, an ihrer Seite Simon, Madeleine, die frühzeitig aus Nizza zurückgereist war, Lætitia und Xavier, sie kamen zur Ankunftshalle, wo überreizte Militante singend Fahnen mit dem Maurenkopf schwenkten, und als sich die Türen des Flugzeugs öffneten, schrien sie alle auf, Antonia sah die Silhouetten der Passagiere auf dem Rollfeld näher kommen, sie versuchte, Pascal zu erkennen, sah aber nichts, sie war von der Menschenmenge umwogen, und plötzlich erblickte sie ihn, wenige Meter vor sich, von unbekannten Armen zurückgehalten, und er winkte und zwinkerte ihr zu, und sie verharrte wie versteinert in der Unruhe ihres klopfenden Herzens, bis er schließlich vor ihr stand, ihr die Wange streichelte und einen Kuss auf die Wimpern drückte. Am Abend trafen sich alle in einem Restaurant in den Bergen, wo Pascal B., um seine Rückkehr würdevoll zu feiern, jene Spezialitäten serviert werden mussten, die ihm über ausgedehnte Monate hinweg versagt geblieben waren. Er war euphorisiert. Er trank viel. Vor dem Ende des Aperitifs beugte er sich zu Antonias Ohr. Komm mit mir. Ich kann nicht mehr warten. Sie verließen den Gastraum des Restaurants unter komplizenhaften Blicken, die Antonia unangenehm waren. Sie fuhren durch einen von hohem, sich unter der Frühlingsbrise beugendem Farnkraut bedeckten Pinienwald, es war Vollmond, Antonia dachte an ihre Wohnung, die perfekt hergerichtet war und wunderbar duftete, an die weißen Laken ihres Hochzeitsbettes, aber sie sagte nichts, sie wollte Pascal B. den ersten Tag seiner Freiheit nicht unter dem Vorwand verderben, dass nicht alles so lief, wie sie es sich gewünscht hatte. Komm. Er zog sie auf die Rückbank und küsste sie mit unangenehmer Heftigkeit und ohne ihr die Zeit zu lassen, auf seine Umarmung zu antworten oder sein Streicheln zu erwidern, er schob eine fiebrige Hand unter ihr Kleid und stieß unverblümt einen Finger in ihr Geschlecht. Antonia wollte ihn zunächst beruhigen und aus seiner Unbeholfenheit befreien, sie sagte ihm nicht, dass er ihr wehtat, sie murmelte, so zärtlich wie nur eben möglich, warte, bitte, warte ein wenig, aber er schüttelte krampfhaft zuckend den Kopf, er leckte ihr das Ohr, speichelte es dabei voll, ich kann nicht mehr, du hast keine Ahnung, ich kann wirklich nicht mehr. Seine Stimme zitterte, und Antonia wusste nicht, was vulgärer war, diese zitternde Stimme oder die Worte, die er aussprach, sie versuchte, ihn zurückzudrücken, ohne ihre Zärtlichkeit zu verlieren, und wiederholte immer wieder, warte, küss mich, aber er hörte sie schon nicht mehr und drang, den Gummibund ihrer Unterhose zur Seite zerrend, in sie ein. Antonia hörte auf, sich zu wehren. Sie fühlte sich von der Fügsamkeit ihres Körpers verraten, der sich weich darbot, sie hörte sich stöhnen, obgleich die außerordentliche Vulgarität dieser Männerstimme, erfüllt von einem Verlangen, das nicht einmal ihr galt, all ihre Träume von Weihrauch, Zärtlichkeit und weißen Laken zerplatzen ließ, Pascal B. kam nach wenigen Augenblicken und stieß dabei ein Röcheln aus, das sie lieber nicht gehört hätte, und sie schloss vergeblich die Augen, während er schwer auf sie zurückfiel. Sie verließ das Auto. Sie blieb einen Augenblick lang niedergeschlagen stehen und sah, wie er ihr folgte. Er suchte seine Zigaretten. Er lächelte. Sie begann zu weinen, bevor sie sich ihrer Traurigkeit überhaupt bewusst werden konnte. Er schien verblüfft zu sein. Er fragte, was sie habe, er wollte sie umarmen, aber sie entzog sich ihm, ohne noch irgendeine Form von Zärtlichkeit aufzubringen, sie vergrub ihr Gesicht in den Händen, die Tränen liefen zwischen ihren Fingern hindurch, sie schluchzte, und der ruhige Wald, das sich auf dem Farn spiegelnde Licht des Mondes, die gezackten Konturen der Bavella-Nadeln am Horizont, alles erschien ihr traurig und ausdruckslos in der unendlichen und verächtlichen Gleichgültigkeit der Zeit, sie wollte die Augen geschlossen halten, diesen Moment vergessen, diesen Mann vergessen, den sie nicht kannte und der endlich zu begreifen begann, dass etwas nicht stimmte und sich ihr näherte und sagte, dass es ihm leidtue, nur dass sie dieses Mal nicht die Kraft fand, ihn zurückzustoßen. Er habe zu lange und schmerzvoll an sie gedacht, er begehre sie so furchtbar heftig, ich begehre dich so sehr, sagte er voller Überzeugung, und dieser Gemeinplatz verliebten Vokabulars ekelte sie an, er war unfähig, Worte für sie zu finden, was im Grunde doch besser war, denn sie wusste, wenn er auch nur den geringsten Versuch unternommen hätte, einfallsreich zu sein, wäre es noch viel schlimmer geworden, so viel schlimmer, dass sie es vorgezogen hätte, er hätte tatsächlich geschwiegen und sie weinen lassen, aber er ließ sie nicht weinen, er stand ganz nah bei ihr, er sagte, dass er sie liebe, als wäre dieser Moment gut gewählt, um ihr endlich dieses Bekenntnis zu machen, auf das sie so lange gewartet hatte, und als sie ihn nun anblickte, war er so offenkundig konfus und entwaffnet, dass er einem kleinen Jungen glich und sie ihn umarmte und sagte, dass auch sie ihn liebe, dass sie ihn immer schon geliebt habe. Ich will nicht mehr, dass wir das im Auto machen. Nie mehr. Einverstanden, sagte er. Sie kehrten ins Restaurant zurück, und am Ende des Abends küsste er zum Abschied seine Eltern und fuhr zu Antonia, um bei ihr zu schlafen.

Von da an schlief er mehrmals die Woche bei ihr, und das eben war das Erwachsensein, nicht etwa über eine Wohnung und Gehalt zu verfügen, sondern einfach mit Pascal B. in einem Bett zu schlafen statt auf der Rückbank eines Autos, was sich nicht nur als bequemer erwies, sondern vor allem als befriedigender, rief er sie doch jeden Tag an, um zu fragen, ob er kommen könne, obgleich sie doch immer wieder mit Ja antwortete, da sie nicht aufhörte, auf ihn zu warten, sie schätzte es, dass er ihr so seine Aufmerksamkeit erwies und sie endlich, obgleich ihn nichts dazu verpflichtete, als Individuum mit freiem Willen behandelte. Was für Antonia schon allein deswegen ein nicht zu gering zu schätzender Grund der Befriedigung war, als dass ihr das Leben kaum andere gewährte. Sie fand sich noch immer jedes Wochenende im Nachtclub ihrer Jugend wieder, der, zu Beginn des Sommers 1985, brutal dazu überging, eine Musik zu spielen, die von unglaublicher Belanglosigkeit war, sie setzte sich zur selben Box, wo auch Lætitia und Madeleine saßen, die das Studium ebenfalls abgebrochen hatte und die nun Antonia, ihr ins Ohr brüllend, um sich verständlich zu machen, und unruhig in Richtung des Tresens blickend, wo Jean-Joseph C. soff, verkündete, dass sie in Nizza eine Affäre mit einem Studenten aus dem Magisterjahrgang gehabt habe. Der Typ sei kein Korse gewesen, gemeinsame Freunde hätten sie glücklicherweise keine gehabt, sie habe ihn in der Bibliothek kennengelernt, bei einem der wenigen, vielleicht sogar dem einzigen Mal, da sie den Fuß in diese gesetzt habe, und sie hätten eine Stunde nach jenem ersten Treffen miteinander geschlafen, während Jean-Joseph noch im Gefängnis saß, sie habe tags darauf die ganze Zeit geheult, sie habe sich unerträglich schuldig gefühlt und den Typen dennoch mehrmals wiedergesehen, sie habe einfach nicht verstanden, warum, aber mit der Zeit sei das Schuldgefühl schwächer geworden und schließlich fast verflogen, geblieben sei nur die Lust, ihn wiederzusehen und noch einmal mit ihm zu schlafen, eine furchtbare und nur umso gebieterische Lust, als sie absolut frei gewesen sei von Gefühlsduselei, und sie sei los und habe an die Tür seiner Wohnung geklopft, sie habe ihm keine Zeit gelassen, auch nur ein Wort zu sagen, beim Aufwachen dann habe es ihr vor ihrer eigenen obszönen Begierde und den obskuren Quellen ihrer pervertierten Fantasie geschaudert, Schuldgefühle hätten sie gemartert, es sei unerträglich gewesen, sie sei dann erneut abgehauen, das Ganze sei über Monate so gegangen, noch bis zur vorherigen Woche, denn als sie sich aufgemacht habe, um ihre Sachen aus dem Studentenwohnheim abzuholen, habe sie gar nicht anders können, als ihn doch noch einmal aufzusuchen, wobei sie sich ganz klar geschworen habe, dass dies das letzte Mal sein sollte, ohne sich selbst auch nur ein Wort zu glauben, sodass die einzige Art und Weise, aus der Sache rauszukommen und also sicherzustellen, dass besagtes Mal nun auch tatsächlich das letzte Mal sein würde, für sie darin bestanden habe, nie mehr wieder nach Nizza zu fahren. Ich habe mich wie eine Hure verhalten, schloss Madeleine brüllend, um sich, so gut es ging, verständlich zu machen. Was?, brüllte Antonia zurück. Ich bin eine Hure, wiederholte Madeleine. Antonia versicherte ihr, dass sie keine Hure sei, sie verurteilte sie nicht, hatte aber auch keine andere Lösung anzubieten als das abstrakte Lächeln ihres Mitgefühls, da sie einfach nicht verstand, wie das Fleisch Grund solcher Qualen sein konnte, und es ihr auch nicht gelingen wollte, sich dafür zu interessieren. Sie war ausschließlich mit ihrer beruflichen Zukunft befasst. Sie erschauderte bei der Vorstellung ihrer selbst, zwanzig oder dreißig Jahre später, noch immer in derselben Redaktion angestellt und inzwischen so sehr daran gewöhnt, aussagelose Bilder zu produzieren, dass sie sich dessen nicht einmal mehr bewusst und vielleicht auch noch lächerlich stolz auf ihre Arbeit wäre. Im Juli dann hatte die FLNC beschlossen, eine Pressekonferenz abzuhalten und Antonia damit die unerwartete Gelegenheit geboten, eine Reportage zu verfassen, die dieses Namens auch würdig war. Eines Abends also stand sie in Begleitung eines Kollegen aus der Zeitung und einer Mannschaft des regionalen Fernsehsenders am Bordstein einer Bundesstraße. Ein Kastenwagen hielt unweit von ihnen an. Die Tür öffnete sich, und ein Mann im Drillich und mit übergezogener Maske forderte sie auf, ins Auto zu steigen. Antonia setzte sich zu ihren Kollegen. Sie nahm eine blasierte Haltung an, um ihr Gefühl zu überspielen, an einem außergewöhnlichen Abenteuer teilzuhaben, doch das Stativ ihrer Kamera glitt ihr aus den Händen und rollte über den Boden. Der Militante hob es auf und kam auf sie zu, um es ihr wiederzugeben. Er starrte sie an, und ihr war, als hätte er unter seiner Maske gelächelt. Sie murmelte ein schüchternes Dankeschön. Gern, antwortete er höflich. Sie erkannte sofort Simon T.s Stimme und ahnte, dass er nur gesprochen hatte, damit sie ihn erkannte. Der

Kastenwagen hielt an. Simon T. gab den Journalisten ein Zeichen, ihm zu folgen, und schlug einen Weg ein, der zu einer Lichtung führte. Unter einer an Bäumen befestigten korsischen Flagge saß, umgeben von einem Dutzend bewaffneter Männer, ein Untergrundkämpfer an einem Tisch, ein Blatt Papier in seinen Händen. Er begann, den Text eines Kommuniqués zu verlesen, und dieses Mal erkannte Antonia die Stimme von Pascal B. wieder, trotz seiner grotesken Versuche, sie zu verstellen. Während sie Fotos schoss, wurde ihr klar, dass sie jedes einzelne der unter den Masken verborgenen Gesichter mit ziemlicher Sicherheit kennen durfte, und was ihr wie das Privileg einer in die Mysterien Eingeweihten hätte erscheinen können, deprimierte sie zutiefst. All ihre Freude, eine Arbeit zu erledigen, die es auch wirklich wert war, verflog mit einem Mal. Sie nahm hier nicht an der erhebenden Geschichte einer Insel des Mittelmeers teil, sondern lediglich an einem albernen Spiel, bei dem sich ehemalige Kindheitsfreunde als Krieger und Journalisten verkleideten, ohne dass es ihnen gelang, ihre jeweiligen Rollen auch wirklich ernst zu nehmen. Sie fotografierte miserable Schauspieler, die den unglaublich hochtrabenden Text eines verunglückten Stückes aufsagten, das weder die Gewalt noch die Jahre im Gefängnis authentischer werden ließen, und Antonia, sie spielte in diesem Stück ebenfalls mit, wie die anderen, vielleicht sogar noch schlechter als die anderen. Jedes Mal wenn sie den Auslöser betätigte, erklärte sie diese Inszenierung für gültig, die nichts mit der Wirklichkeit zu tun hatte, sondern allein in der Erwartung ihrer Umwandlung in Bilder existierte. All das schien ihr wenig ehrbar zu sein. Zudem übte, wenn man es genauer bedachte, eine zum Himmel schreiende Mehrheit der Fotografen keinen ehrbaren Beruf aus, sie verliehen flüchtigen Dingen Bedeutung, schlimmer noch, sie fabrizierten Flüchtigkeit, und wenn sie obendrein noch künstlerischen Ehrgeiz besaßen, wurde es noch weitaus schlimmer, irgendein x-beliebiges Familienporträt, so verschwommen oder schlecht ausgerichtet es auch sein mochte, wog unendlich mehr als der Großteil aller Bilder in der Presse, um nicht zu sagen in der Werbung oder der Mode, wo sämtliche Grenzen des Widerwärtigen derart schamlos überschritten wurden, dass die renommiertesten Magazine am Ende des Tages nur noch widerwärtigere Schmutzblätter waren als die regionale Tageszeitung, für die Antonia zweifellos ihr Leben lang zu arbeiten verdammt war. In Lyon sollte in Kürze der Prozess gegen ein Kommando der FLNC beginnen, das, im Juni 1984, ins Gefängnis von Ajaccio eingedrungen war, um Jean-Marc L. und Salvatore C. hinzurichten, die Verantwortlichen der Entführung und Ermordung des Guy O., seinerseits ein Militant und Kassenwart der Organisation, die als geheim zu bezeichnen Antonia inzwischen immer schwerer fiel. Furchtbare Gerüchte verbreiteten sich über Salvatore C., einen Folterknecht und Mörder, der, so hieß es, die Angewohnheit besaß, die grausam gequälten Körper seiner Opfer den Schweinen zum Fraß vorzuwerfen. Antonia hatte die Akte der Beweisaufnahme eingesehen, die sich Pascal B., wahrscheinlich über einen Anwalt, hatte besorgen lassen. Man sah in ihr die Fotografien der auf den Betten ihrer Zellen ausgestreckt daliegenden Leichen. Jean-Marc L. trug einen gestreiften Pyjama. Seine Hände und Füße waren verbogen wie Vogelkrallen. Die Autopsien, sie waren ebenfalls minutiös dokumentiert. Die Schädel waren aufgesägt, die Brustkörbe geöffnet, die Eingeweide hervorgeholt, lange Stifte steckten in den Schusswunden, der chirurgische Stahl glänzte, und der Rechtsmediziner präsentierte dem Objektiv die bleiche Masse eines Hirns so feierlich, als würde er vor der Welt die bemitleidenswerte Materialität des Lebens enthüllen. Antonia besah sich die Fotografien aufmerksam, ohne besonderen Ekel zu empfinden, war es ihr doch beinahe unvorstellbar, dass diese Metzgerstücke einst eine Einheit gebildet hatten, um einen menschlichen Leib zu formen. Das Foto, das sie faszinierte, es zeigte Lebende, die Mitglieder des Kommandos, unmittelbar nach ihrer Festnahme, in Reih und Glied aufrecht vor einer weißen Wand stehend, Pierre A., Pantaléon A., Bernard P., die als Gendarmen verkleidet ins Zuchthaus eingedrungen waren, Jean-Dominique V. und Georges M., die man andernorts festgenommen hatte. In diesem Augenblick rechneten sie wahrscheinlich damit, ihr Leben im Gefängnis zu verbringen, oder, wenn nicht ihr Leben, so doch alles, was ihnen an Jugend verblieb. Ihr Blick war starr, voller Hochmut und Resignation, vermengt, vielleicht, mit einem Hauch von Stolz oder Herausforderung, ein Blick, so intensiv und ergreifend, dass Antonia ihn nicht ertragen konnte, ohne dass ihr die Tränen kamen. Der Blick der Besiegten angesichts ihres Feindes. Sie erhofften sich nichts, sie bedauerten nichts, sie waren bewundernswürdig in ihrer Niederlage, weitaus mehr, als sie es gewesen wären, wenn die Operation Erfolg gehabt und niemand je ihre Gesichter zu sehen bekommen hätte. Hier lag kein Schwindel vor, keine Inszenierung, sondern schlicht die Macht der Wahrheit. Ein Polizist, der keinen blassen Schimmer von Fotografie besaß, hatte dieses unvergessliche Bild nur deshalb geschossen, weil er im rechten Augenblick zugegen gewesen ist. Antonia bat darum, nach Lyon geschickt zu werden, um über den Prozess zu berichten. Man antwortete ihr, dass dies aus zwei entscheidenden Gründen nicht möglich war: Fotografieren war während der Anhörung eines Schwurgerichts grundsätzlich nicht erlaubt, was Antonia nicht wusste, und selbst wenn dem anders gewesen wäre, hätte man nicht sie ausgewählt, um über ein Ereignis von solcher Bedeutsamkeit zu berichten. Sie nahm sich Urlaub und fuhr nach Lyon, gemeinsam mit Pascal B., Simon T. und anderen Militanten aus der Gegend. Während der Reise dachte sie bitter darüber nach, dass niemand Pascal B. auserkoren hätte, um ihn ins Gefängnis von Ajaccio zu entsenden; so wie auch ihr vertraute man ihm nur lächerliche Aufträge an: Sie bildeten also ein besonders gut passendes Pärchen. Als er sich im Saal des Lyoner

Justizpalastes neben sie setzte, legte er seine Hand auf ihre Schulter und fixierte die Box, in der die Angeklagten bald Platz nehmen sollten. Sie fühlte seine Inbrunst, die vollkommene Aufrichtigkeit seines Glaubens, und warf sich vor, ihm gegenüber so boshaft zu empfinden. Die Angeklagten traten ein. Während der gesamten Dauer des Prozesses dachte Antonia an die Fotos, die sie hätte machen können, wenn ihr eine blödsinnige Regel dies nicht untersagt hätte, Pierre A., wie er den Text einer gemeinsamen Erklärung verlas, der Staatsanwalt, wie er Lebenslänglich verlangte, der Hermelin, die scharlachroten Gewänder, die schwarzen Gewänder, Rechtsanwalt Antoine S., der vor den Richtern die vor lauter unsühnbarem Hass bebenden Verse alter Aufrufe zur Rache rezitierte, es genügte nicht, dass die Mörder getötet wurden, Schwärme von Raben müssten ihr Fleisch erst noch verschlingen und sie ohne Grab in der Ungewissheit ihrer kahl gefressenen Gebeine zurücklassen, damit sie am Tag des Jüngsten Gerichts nicht an der Auferstehung teilnehmen konnten, die Tränen des Rechtsanwalts Marie-José B., als der vorsitzende Richter das Urteil zwischen drei und acht Jahren Freiheitsstrafe verlas, in ihrer Box die ungläubigen Angeklagten, die sich bemühten, nicht vor Freude aufzujauchzen, und Antonia fragte sich, welches dieser Gesichter wohl dasjenige gewesen sein mochte, das Jean-Marc L. und Salvatore C. als letztes gesehen hatten, als man sie aus dem Schlaf gerissen hatte an jenem Tag, jenem Tag des Zorns, das Gesicht dessen, der nun, ihnen gleich, zum Mörder werden sollte, und welche Stimme ihnen wohl angekündigt haben mochte: »Wir kommen im Auftrag von Guy O.«, und ihnen damit die Zeit einräumte, die sie brauchten, um zu verstehen, dass ihnen keine Vergebung zuteilwerden würde, weil die Barmherzigkeit Gottes Seine Gerechtigkeit nicht beflecken kann und die Verfluchten verdammt sein müssen zum beißenden Geruch der Höllenflammen, gut möglich aber auch, dass sie an jenem Morgen, im Juni 1984, nicht das Gesicht eines Mannes sondern das des Königs von furchtbarer Majestät erblickt hatten, der unmittelbar seine Strafe auf sie niedergehen ließ und Vergebung und Gnade für andere zurückbehielt, in seiner Hand den abgeschlagenen Kopf mit dem Schlangenhaar, dessen Blick ihre blinden Augen traf, während jähes Entsetzen ihre Herzen zu Asche zermalmte, unmittelbar bevor durch die Flure des Gefängnisses die Schüsse widerhallen sollten, wie sie zuvor schon, in den Gassen der Altstadt von Ajaccio, während des Winter 1987, in Antonias Ohren widergehallt hatten und die, häufiger und immer häufiger, im Verlauf der Jahre, die dann folgten, noch widerhallen sollten. Man führte die Verurteilten ab. Antonia und ihre Freunde gingen in einer Bar in der Nähe des Justizpalastes etwas trinken. Pascal B. war euphorisch. Niemals hätte er so geringe Strafen erwartet. Die FLNC hatte vorgehabt, die Flucht des Kommandos für den unabwendbar geglaubten Fall einer Verurteilung zu mehr als zehn Jahren zu organisieren. Das war nun nicht mehr nötig. Antonia tat es noch immer um all die Fotos leid, die sie hätte schießen können. Sie schwieg und beugte sich dann aus dem Nichts zu Simon T, der auf der Bank neben ihr saß.

Ehrlich, war das so schwer für dich, mal die Klappe zu halten?

Was?, fragte er ohne irgendetwas zu verstehen.

Am Tag der Pressekonferenz, sagte Antonia, hättest du da nicht einfach deine Klappe halten können? Ist es dir nicht in den Sinn gekommen, dass es Sachen gibt, die mich absolut nicht interessieren und die ich gar nicht erst wissen will?

Sie zeigte sich absichtlich bissig. Sie redete leise, damit die anderen nicht hören konnten, was sie sagte, aber doch mit einer Stimme, die Simon T. niemals wieder so sehr vor Zorn und Empörung beben hören sollte.

Simon sitzt zu Füßen der Marienstatue. Er hält sich, in der Gluthitze der Kirche, vollkommen gerade auf seinem Sitz. Der Schweiß rinnt ihm übers Gesicht, brennt ihm in den Augen und durchnässt seine Kleider. Manchmal lässt ihn ein Luftzug erschaudern. Er hat siebzehn Terzette des nicht enden wollenden *Dies irae* gehört, das wiederholte Wechselspiel zweier Melodielinien. Der Gesang endet mit drei Distichen, die soeben die Monotonie der Einheit unterbrochen haben. Ein einzelner Sänger intoniert allein auf einer sehr hohen Note, *Lacrimosa dies illa – Tränenreich ist jener Tag, an welchem auferstehen wird aus dem Staube zum Gericht der Mensch als Schuldiger*.

Simon glaubt nicht, dass Antonia schuldig war wegen was auch immer, noch, dass sie aus dem Staube auferstehen wird. Sie hatte recht gehabt, auf ihn wütend zu sein. Das, was er getan hatte, war lächerlich kindisch gewesen. In dem Kastenwagen war er stolz auf seine Maske gewesen, stolz auf seine Pistole, die er in den Gürtel gesteckt trug, stolz wie ein Vollidiot. Er hatte seiner Lust nicht widerstehen können, sich vor ihr zu enthüllen, damit sie sehen konnte, dass er, allen Erwartungen zum Trotz, Pascal B. ein wenig ähnelte, dem Mann, den er so bewunderte und der all das besaß, war er, Simon, niemals erreichen würde – den Respekt aller, den Ruhm des Gefängnisses und Antonias Liebe. Er hatte ihr nur sagen wollen, siehst du, ich, ich bin auch hier, denn dies war das Einzige, was ihr zu sagen er ein Recht besaß. Aber er hatte sie wütend gemacht, ehrlich, war das so schwer für dich, mal die Klappe zu halten?, und angesichts dieser Wut, die ihn leiden ließ, war er hilflos gewesen, er fühlte sich auf der Bank dieser Bar in Lyon eingezwängt, er konnte nicht fliehen, er hatte Angst, Antonia würde das Ausmaß seines Schmerzes erfassen und begreifen, dass dieser nicht aus einer simplen Verletzung seines Selbstwertgefühles herrührte, und er hatte den Kopf gesenkt und Worte der Entschuldigung gemurmelt, die er nun, den Sarg betrachtend, wiederholte, es tut mir leid, Antonia, es tut mir unendlich leid.

6

# Evangelium: Johannes, XI, 21–27

(ST.-ROCHUS-FEIER, ALTA ROCCA, 1973)

*Allmächtiger Gott! reinige mein Herz und meine Lippen, wie du die Lippen des Propheten Jesaias mit glühenden Kohlen gereinigt hast.*

So lauten die Worte, mit denen der Priester sich auf die Lektüre des Evangeliums vorbereitet. In der besonderen Form des römischen Ritus handelt es sich bei der Totenmesse um einen Auszug des Johannesevangeliums. Lazarus von Bethanien ist seit vier Tagen tot. Martha, seine Schwester, sagt zu Jesus, der eben erst im Dorf angekommen ist: *Herr, wärst du hier gewesen, dann wäre mein Bruder nicht gestorben.* Jesus kündet ihr an, dass Lazarus auferstehen werde, und Martha denkt, dass er die Auferstehung am Jüngsten Tag meine. Wie Schüler, die nicht aufhören, anstrengende Fehlinterpretationen der Worte ihrer Lehrer zu fabrizieren, versteht auch sie nichts. Aber Jesus sagt zu ihr: *Ich bin die Auferstehung und das Leben.* Martha antwortet, dass sie an ihn glaube, dass er der Sohn Gottes sei, dessen Ankunft die Juden erwarten, und mit diesem Glaubensbekenntnis endet der Abschnitt. Der Rest ist bekannt. Jesus lässt sich zum Grab führen und bittet, dass man den Stein, der es verschließt, zur Seite ziehe, er ruft, und Lazarus, in der Schwäche seines schon verwesenden Fleisches, das die Totentücher noch behindern, erhebt sich und geht auf ihn zu. Alle Zeugen der Szene legen ihren Glauben in Christus, der es sicherlich leid und darüber verbittert ist, die störrischen Herzen nur zum Preis spektakulärer und andauernder Wunder zu gewinnen. Der Text hat ganz offensichtlich die Funktion, die Familie der Verstorbenen zu trösten, der, ebenso wie Lazarus, die Auferstehung versprochen ist. Antonias Pate erinnert sich, wie diese Auferstehungsgeschichten die Alten, damals, als er noch ein Kind war, voller Zweifel zurückgelassen hatten. Seine Großmutter, die doch stets darauf achtete, dass er seine alltäglichen Gebete sprach, und ihre Zeit zwischen Kirche und Friedhof verbrachte, glaubte nicht an sie. Sie unterstellte dem Priester keineswegs, dass er log, sondern sich von einer übertriebenen Begeisterung bei der Vorstellung anfachen ließ, das Privileg des ewigen Lebens, welches zweifellos den Männern Gottes vorbehalten war, müsste obendrein noch den Normalsterblichen zufallen. Der wird auferstehen, sagte sie, wir aber nicht. Wenn die Toten überlebten, dann in Form von Furcht einflößenden, eifersüchtigen und an Gedächtnisschwund leidenden Gespenstern, die, sobald es Nacht wird, an den Ufern der Flüsse umgehen und klingende Münze für ihren Gunstbeweis sehen wollen. All diese bigotten Greisinnen hatten im Grunde dem Heidentum nicht wirklich abgeschworen, sie glaubten, Gott und die übernatürlichen Kräfte müssten gleichermaßen bedacht werden, wollte man die Kümmernisse des irdischen Lebens fernhalten, und von all diesen Kümmernissen war der Tod das einzige Unglück, vor dem niemand bewahrt und über das niemand hinweggetröstet werden konnte, weshalb sie ihn auch ihren Feinden wünschten. Aus dem Umgang mit ihnen hatte Antonias Pate einen gewissen Argwohn in Bezug auf die Worte des Trostes zurückbehalten. Während all der Jahre seines Priestertums hatte er immer wieder gesehen, wie sich die Messe unweigerlich in eine Zelle psychologischer Unterstützung verwandelte, und er hatte gehört, wie die Priester in ihren Predigten um Einfalt wetteiferten und Unglück durch Anwendung beschämender Taschenspielertricks in Glück verwandelten, als wäre der Tod mit Leichtigkeit zu behandeln, ohne schlicht und einfach geleugnet zu werden, als gäbe es hier einen Grund, sich zu freuen. Er möchte den Tod nicht leugnen. Er möchte keine Worte des Trostes aussprechen, deren Obszönität ihn zutiefst erschüttern. Wann immer er die Messe für die Verstorbenen vorbereiten musste, achtete er darauf, die Mehrdeutigkeit des biblischen Textes nicht zu entschärfen, da weder die Heilige Schrift noch die Liturgie den Tod als liebenswürdigen Scherz darstellten, selbst wenn versucht wurde, all jene Texte zu tilgen, die von Angst und Entsetzen sprechen, das *Dies irae*, das *Libera me*, die er, unter Verweigerung des

Zugeständnisses, dass die Menschen wie Kinder behandelt werden sollten, unbedingt rezitieren oder singen ließ. In den Neunzigerjahren hatte er drei ermordete junge Männer beerdigt, darunter Pascal B., und als er drei Jahre zuvor in seiner Gemeinde auf dem Kontinent angekommen war, musste er die Totenmesse für ein fünfjähriges Mädchen abhalten, das von einem Auto überfahren worden war, er verbrachte die Nacht zuvor im Gebet, er wollte von seiner Predigt absehen, kein einziges persönliches Wort aussprechen und den Mund nur öffnen, um zu sagen, was geschrieben stand, denn wer wollte schon getröstet sein, wenn der Herr selbst zu Tränen gerührt war? Doch kommt erst der furchtbare Moment, wo es unmöglich wird, sich noch länger im Schutz des Ritus aufzuhalten, müssen vor der Gemeinde und dem Verstorbenen die ungeschickten Worte ausgesprochen werden, die man in der Einsamkeit gewählt hat und von denen man nie weiß, ob sie zu melodramatisch oder, im Gegenteil, zu ungezwungen daherkommen, obwohl es unendlich viel einfacher wäre, weiterhin das Evangelium zu lesen, dessen Text ganz offensichtlich nicht bei der Verkündung des ewigen Lebens verweilt. Nach Martha trifft Jesus Maria. Sie wirft sich ihm zu Füßen, sie weint, er ist verwirrt und erschaudert und beginnt, selbst zu weinen, als hätte er vergessen, dass Lazarus sich bald schon erheben wird aus seinem Grab und es also gar keinen Grund für Kummer gibt. Beim Katechismus, in seiner Kindheit, war Antonias Pate empört über etwas, was er als einen riesigen Fehler der elementaren Logik auffasste. Wenn er ihn doch auferstehen lässt, warum weint er dann?, fragte er. Der damalige Priester schien ratlos zu sein. Er wagte konfuse Antworten, von denen nicht eine befriedigend ausfiel, da er kein großer Theologe war, und gebot schließlich seinem Schüler, angesichts dessen Hartnäckigkeit und unter Geißelung der dem Skeptizismus ureigenen spitzfindigen Tendenzen, die ihn bald schon ins Verderben stürzen würden, zu schweigen. Nach seiner Erstkommunion verkündete

Antonias Pate, dass er den Katechismus nicht länger mitmachen wollte, und weigerte sich zunächst, allen Drohungen seiner Mutter zum Trotz, seine Entscheidung rückgängig zu machen, bis man ihn am Ende wissen ließ, dass er, würde er weiterhin stur bleiben, auch bei der Messe nicht mehr ministrieren könnte. Sich durchzuringen, kein Chorknabe mehr zu sein, war ihm unmöglich, er liebte die frühe Morgenstunde, die genaue Wiederholung ein- und derselben Gesten, den dunklen Geruch von kirchlichem Weihrauch. Er beugte sich also dieser frömmlerischen Erpressung und durchlief seine christliche Erziehung, ohne noch weitere Fragen zu stellen, obgleich er nicht aufhörte, sich betrogen zu fühlen. Heute glaubt er, dass weder die Tränen Christi in der Nacht der entsetzlichen Einsamkeit im Garten Gethsemane noch sein verzweifeltes Flehen, es möge hinweggenommen werden von seinen Lippen der Kelch der Agonie, einen logischen Fehler bergen, einen Widerspruch, den es zu lösen gelte oder zu übersehen, da der Mensch gewordene Gott in innerer Zerrissenheit schwebt, und was schon wäre an ihm menschlich gewesen, hätte er sich die Erfahrung von Angst und Hoffnungslosigkeit erspart? Der Priester erhebt sich, um seine Predigt zu sprechen. Die Rede, die er vorbereitet hat, löst sich auf, er weiß nicht mehr, was er sagen wollte, er denkt nur, auch wir, auch wir wissen, dass sie dem Herrn nahe ist, und beweinen sie dennoch, aber er sagt es nicht. Er blickt seine Schwester an, seine Brüder, seinen Schwager, seinen Neffen und den Sarg, er schämt sich nicht, dass auch er innerlich erschaudert, und er sagt, Jesus wird Lazarus von den Toten erwecken, aber noch kurz vor dem Wunder weint er, und dies könnte uns befremden, denn warum sollte er, der er die Auferstehung und das Leben ist, weinen? Er ist versucht, es zu erklären, er sagt, diese Tränen steigen aus dem ureigenen Herzen des Christentums auf, und er denkt, dass seine Position absurd ist, man weiß nie, wie man sich den Toten gegenüber verhalten oder welchen Abstand man zu ihnen einnehmen soll, wahrscheinlich ist keine einzige Form von Abstand angemessen, denn kennt man sie nicht, muss man vermeiden, sich an die Banalitäten zu halten, wie sie ein erzwungenes Mitgefühl stets einflößt, stattdessen aber versuchen, sie in ihrer unvollkommenen Einzigartigkeit zu erfassen, und kennt man sie, darf man sich nicht der Überschwänglichkeit seines Kummers hingeben, nicht anstelle des Priesters den Onkel und Paten sprechen lassen, immer eignet man sich, im Grunde, irgendetwas widerrechtlich an, die Trauer der Familie, das Priestergewand, es ist ausweglos, das Beste wäre wahrscheinlich, sich keine Fragen zu stellen und stets dieselben Dinge unter Veränderung der Vornamen zu wiederholen, Dein Diener, Deine Dienerin, sie haben in der Hoffnung Deines Lichtes gelebt, von den Wassern der Taufe bis hin zu ihrem Hinscheiden, Du hast sie ihr ganzes Leben lang begleitet, sie haben Dein Wort vernommen, Deine Gebote befolgt, sie liebten Dich und glaubten an Dich, als würde man auf Erden immer nur Heilige zu Grabe tragen, was schlichtweg falsch ist, die Toten, denkt er, sind keine Heiligen, und die Lebenden nicht minder, und Antonia hat keineswegs in der Hoffnung auf Dein Licht gelebt, denn sie liebte Dich nicht, de facto hasste sie Dich und billigte Dir nur eine Existenzberechtigung zu, um Dich aufzufordern, Rechenschaft für die Welt zu liefern, und Dich mit Vorwürfen zu überschütten, allerdings, so denkt er, warst nicht Du es, den sie mit Vorwürfen überschüttete, sondern ich, und ich habe ihr noch so sehr und immer wieder vorkauen können, dass ich Leiden nicht zu erklären, sondern nur zu lindern habe, sie war doch wütend auf mich, weil ich nicht nur nichts erklärt, sondern zu allem Überfluss auch nichts gelindert habe, sie sagte dies bissig, um mich zu kränken, da sie zornig war, aber sie hatte auf gewisse Weise ja recht, ich war wirklich unfähig, Leiden zu lindern, zumindest ihre, und nach ihrer Rückkehr aus Jugoslawien konnte sie mich schließlich gar nicht mehr ertragen, der Glaube war für sie von nun an nicht mehr nur ein Irrtum oder eine Naivität, über die man sich allenfalls lustig machen konnte, er war eine falsche Moral, eine Niederträchtigkeit, das Symptom einer schuldhaften und ungeheuerlichen Verblendung, aber das ist keine Sünde, die Schwäche eines mit Liebe angefüllten Herzens ist in Deinen Augen keine Sünde, und deshalb weiß ich sie Dir auch nahe, selbst wenn ich sie beweine, denkt er, während er seine Predigt mehr schlecht als recht weiterführt und sich in subtilen Exegesen verstrickt, die niemand versteht, der dunkle Blick seiner Schwester ruht auf ihm wie auf einem dieser unverständlichsten flämischen Franziskaner, er müsste diese Katastrophe beenden, müsste zumindest die Anstrengung unternehmen, Antonias Namen auszusprechen, aber er hat keine Ahnung, wie er zum Ende finden soll, niemand führt ihm die glühende Kohle der Erlösung und Reinheit an die Lippen, und da steht er also, er, der, im Garten Gethsemane, mit Gewalt die Gemeinde am gegenüberliegenden Ufer des reißenden Kidron an Bord bringt. Er bereut ein weiteres Mal, der Hartnäckigkeit seiner Schwester dümmlich gewichen zu sein, er bereut beinahe, dem Ruf zum Priestertum, der gar nicht an ihn hätte gerichtet werden dürfen, eines Tages gefolgt zu sein. Was war ihm schon anderes gelungen, als all jene tödlich zu verletzen, die ihn einst geliebt hatten, allen voran Antonia? Sie war ein so liebevolles Kind, erinnert er sich und unterbricht für einen Augenblick seine Rede, um die Tränen zu unterdrücken, ihren Namen aber spricht er nicht aus, und sie läuft auf ihn zu, schau nur, schau nur, wie ich tanze!, sie ist acht Jahre alt, es ist Dorffest, St.-Rochus-Tag, der Schulhof ist von Schilfmatten umzäunt, das Orchester spielt in der Hitze der Augustnacht mehr oder weniger schief einen leidenschaftlichen Tango, *Lass mich deine Lippen pflücken wie Blumen*, Antonias Pate sitzt, auf seine Ellbogen gestützt, am Holztresen, hinter welchem in großen grünen Mülleimern zwischen Eisblöcken Champagnerflaschen schwimmen, akkurat gekleidete Pärchen tanzen mit absoluter Ernsthaftigkeit, Hemden aus Kaschmir, bodenlange Kleider und hohe auf dem Zement schallende Absätze, *Komm tanzen, zu bitter ist das Leben, andere Arme werden dich mich vergessen lassen*, Pascal B. und seine Freunde sind zwischen zwölf und fünfzehn Jahre alt, sie trinken mit männlichem Stoizismus grauenvollen Get 27, Xavier S. verzieht sich, um so diskret wie möglich eine nach Pfefferminz stinkende, dicklich grüne Flüssigkeit zu erbrechen, die kleinen Kinder jedoch, sie tanzen ebenfalls zum Tango, paarweise, sie äffen die Erwachsenen nach, verkneifen sich dabei ihr Lachen, bringen alle anderen durcheinander und müssen ab und zu rasend schnell beschleunigen, um geschickt den Tritten zu entgehen, die ihnen die empörten aber zu langsamen Tänzer in den Hintern verpassen, schau nur, wie ich tanze!, Antonias linke Hand umfasst die rechte von Simon T., acht Jahre alt auch er, sie umgreifen sich mit ihren freien Armen an der Hüfte und ziehen in sämtlichen Richtungen über die Tanzfläche, dem Rhythmus der Musik folgend, Wange an Wange, das Kinn gereckt, *Ab morgen, mein Herz, tanzen wir nicht mehr gemeinsam*. Aus dem Augenwinkel heraus stellt sie sicher, dass sie die ganze Aufmerksamkeit ihres Paten hat, der ihr, halb betrunken, zusieht und dabei lächelt. Auf der anderen Seite der Tanzfläche, allein an einem Tisch, sitzt Damienne T., Simons Mutter, sie sieht den Kindern ebenfalls zu. Antonias Pate steht auf, um sich zu ihr zu gesellen. Er wirft zerknitterte Geldscheine auf den Tresen. Er bringt eine Flasche Champagner im Eiskübel. Er redet eine Zeit lang mit ihr und schlägt dann vor zu tanzen. Sie zögert einen Augenblick. Seit ihr Mann vor drei Jahren an einer Hochspannungsleitung starb, hat sie mit niemandem mehr auf dem Dorffest getanzt. Sie ist fünfunddreißig Jahre alt. Auf ihrem blassen Gesicht sind die Lippen kaum geschminkt. Sie ist weder hübsch noch besonders hässlich, schlichtweg blass, erloschen. Antonias Pate hat plötzlich das Gefühl, im tiefen Kern dieser Blässe und unter der durchscheinenden Haut etwas unendlich Ergreifendes aufleuchten zu sehen, eine zarte Flamme. Sie erhebt sich, und er folgt ihr auf die

Tanzfläche. Sie deuten einige Tanzschritte an, und Antonia und Simon gesellen sich zu ihnen und hängen sich mit all ihrem Gewicht an sie, und da tanzen sie alle vier torkelnd miteinander. *Geh nicht, und lass mich glauben, dass ich nur geträumt und du für immer mein.* Das Licht eines Blitzes erleuchtet sie. Der Tango endet. Das Orchester beginnt, eine Reihe von Rocksongs zu spielen, dann Slows, dann in einem unabänderlichen Ablauf eine weitere Reihe von Tangos und Paso-Doble-Melodien. Es ist fünf Uhr früh. Der Vater von Xavier S. hat gerade erst seinen im Gebüsch zusammengekauerten Sohn entdeckt. Er weckt ihn mit Ohrfeigen und Gebrüll. Simon ist in den Armen seiner Mutter eingeschlafen, während Antonia angestrengt die Augen offen hält. Doch als ihre Eltern ihr verkünden, dass es Zeit sei, nach Hause zu gehen, protestiert sie nicht. Sie wirft langmütig ihre Arme um den Hals ihres Paten und legt ihren Kopf auf seine Schulter, um ihm eine gute Nacht zu wünschen. Ich werde auch nach Hause gehen, sagt Simons Mutter. Ich begleite dich, schlägt Antonias Pate vor. Ich werde den Kleinen tragen, wäre doch schade, ihn aufzuwecken. Sie gehen durch die Straßen des Dorfes. Richtung Osten blickend kann man die Sterne schon gar nicht mehr sehen. Angekommen vor ihrem Haus, bietet sie ihm nicht an einzutreten, tritt aber selbst ein und lässt die Tür hinter sich offen. Er folgt ihr bis in Simons Zimmer und legt den Jungen dort nieder. Er lässt sie ihren Sohn zu Bett bringen. Er könnte Gute Nacht sagen und zu sich nach Hause gehen, aber er wartet im Wohnzimmer. Eine Katze reibt sich an seinem Bein und schnurrt dabei. An der Wand hängen ganz offensichtlich Bilder von Ahnen und Militärs. Ein Hochzeitsfoto von Damienne steht auf der Anrichte neben einem weiteren, das ohne Zweifel während ihrer Zeit als Wöchnerin aufgenommen wurde und auf dem sie, völlig blass, ihr Kind im Arm hält. Sie kommt zu ihm. Sie schaut ihn aufmerksam an, und jetzt findet er sie schön. Sie nähert sich schüchtern. Sie legt ihren Arm um seinen Hals, und sie schmiegt, genau wie Antonia, ihren Kopf an seine Schulter. Sie hebt den Kopf und sucht seine Lippen, aber er flieht ihren Kuss, indem er sie an sich gepresst hält. Er hat Angst vor dem Blick der Bilder. Sie führt ihn in ihr Zimmer. Er sucht ängstlich nach den Augen des toten Gatten, findet aber nichts als Risse in den Tapetenbahnen und ein wenig Staub auf dem Nachttisch. Sie legt ihr Kleid ab. Ihre Haut erinnert keineswegs an die der wenigen Mädchen aus den Clubs oder Bars, die er nach seinen nächtlichen Pokerpartien getroffen hat, sie ist weicher und herber, vollkommen weiß, mit einer kaum wahrnehmbaren Marmorierung am Brustansatz, an der Leistenfalte, ähnlich der Skizze eines sich ankündigenden Verfalls, und das berührt ihn. Das Tageslicht beleuchtet eine Ecke des Zimmers. Er legt sich auf sie, er sieht ihre schwarzen Augen funkeln, sie beißt ihm in die Schulter, ohne irgendeinen Laut von sich zu geben, und erneut legt sie, da er sich auf den Rücken gleiten lässt, einen Arm um seinen Hals. Solange er bei ihr bleiben wird, wird sie diese Geste vollziehen, und er wird am Ende glauben, dass Sexualität nichts anderes sei als der seltsame Weg, der zu diesem Moment vollkommener Keuschheit führt. Sie lässt ihn nicht einschlummern. Es tut mir leid, aber du musst gehen, flüstert sie. Wegen Simon. Er steht auf und zieht sich an, und als er vor die Tür tritt, blendet ihn die Sonne. Er geht einen Augenblick lang durch die Straßen des Dorfes, noch immer herrscht der Zauber der frühen Morgenstunden, und es vergehen die Monate, und es ist nicht mehr nötig zu verschwinden, bevor Simon erwacht, es gibt kein Geheimnis mehr, das mitzuteilen wäre, die Fotos ziehen sich in ihre Unbeteiligtheit zurück, sie hören auf, bedrohlich zu sein, doch wann immer er Damiennes Gesicht betrachtet, flackert, obwohl inzwischen zwei Jahre vergangen sind, einer Kerze gleich, unterhalb der Blässe, ein nur ihm sichtbarer Gran Schönheit auf, er erwacht, Damiennes Arm um seinen Hals, und sein Herz zieht sich zusammen, er weiß nicht, was er anstellen soll mit seinem unnützen Gefühl, er ist distanziert, schweigsam, unzufrieden mit sich selbst, er wünschte, sie würde ihm sein Schweigen vorwerfen, seine Gleichgültigkeit, denn täte sie es, könnte er ihr sagen, dass sie ihm nicht gleichgültig sei, dass er nicht verstehe, warum die Liebe, die er für sie empfinde, so offensichtlich steril sei, aber er sagt nichts, er geht viel aus, er spielt Karten, er kehrt spät heim, ohne sich anzukündigen, und sie wirft ihm niemals irgendetwas vor. In einer Nacht im Winter endet die Pokerpartie um zwei Uhr früh. Er stopft das Geld, das er gewonnen hat, in seine Tasche und schmeißt eine Runde. Er sucht nach dem Freund, der ihn mit dem Auto zurück ins Dorf bringen soll. Man sagt ihm, dass dieser schon vor einer Stunde gegangen sei. Das bereitet ihm Kummer. Er denkt, dass er in einem Hotel in der Stadt ein Zimmer nehmen müsste, aber er ist nicht müde, und außerdem würde er zu dieser Stunde kein Zimmer mehr finden, also verabschiedet er sich von allen und beginnt, die zehn Kilometer lange Strecke zu Fuß zu gehen, die ins Dorf hochführt. Er geht in der Dunkelheit bergan, die Hände in den Taschen vergraben. Er ist müde. Er hat den Eindruck, ihm folge jemand. Er dreht sich von Zeit zu Zeit um, die Finsternis zu durchforschen. Sein Herz gerät in Panik. Zu Fuß zu gehen, war eine idiotische Idee. Er kommt schließlich vor dem Gitter des Friedhofs an. Ein Fenster im Haus des alten Priesters, der keine Fragen mochte, ist erleuchtet. Es gibt genügend Gründe, warum ein Greis inmitten der Nacht eine Lampe entzündet, Schlaflosigkeit, Verkalkung, die Prostata, aber Antonias Pate denkt schlagartig mit der unumstößlichen Autorität der Gewissheit: Er ist tot, und er hält bei diesem Gedanken inne, der ihm bruchstückhaft erscheint, unvollständig, nach einer Schlussfolgerung verlangend, die sich nicht aufdrängt, er stolpert über dessen Evidenz, er wiederholt im Stillen, er ist tot, der Priester ist tot, er sucht nach der Folge, er ist tot, und also was?, er sagt mit lauter Stimme, also was?, die Antwort ist ganz nah und hört doch nicht auf, ihm zu entwischen, und dann, urplötzlich, ist der Satz vollständig:

Der Priester ist tot, und du wirst seinen Platz einnehmen. Er ist verblüfft, in dieser Nacht, das ist ganz eindeutig, hat er nichts als idiotische Ideen, und diese jetzt ist es ganz besonders, aber es gelingt ihm nicht, sie zu verjagen. Ohne Lärm zu machen, betritt er sein Zuhause. Er legt sich neben Damienne und schläft beinahe sofort ein. Sie weckt ihn, als der Morgen zur Hälfte um ist. Sie reicht ihm den Kaffee, den sie für ihn zubereitet hat. Weißt du, was diese Nacht passiert ist? Er antwortet, ja, ich weiß es. Der Priester ist tot. Sie sieht ihn an. Wer hat dir das gesagt? Er antwortet nicht. Er sagt: Der Priester ist tot, und ich werde seinen Platz einnehmen. Sie lacht. Er würde gern mit ihr lachen, er kann es nicht, diese absurde, merkwürdige Aussage nistet sich in ihm ein und verbreitet sich wie ein Geschwür, und je heftiger er gegen sie ankämpft, desto schwächer wird er und gibt ihr nach, er protestiert noch, ich glaube nicht einmal an Gott, doch er weiß darüber nichts mehr, glaube ich am Ende doch an Gott?, fragt er, obwohl diese Frage schon gar keinen Sinn mehr ergibt, denn das, was ihm soeben widerfährt, hat nichts mit dem zu tun, was er glaubt oder nicht glaubt, es handelt sich nicht um eine intellektuelle Konvertierung sondern um eine schonungslose Ekstase, ohne möglichen Rückzug, die Brandwunde der glühenden Kohle auf seinen Lippen, die erschöpften Knochen, das Leiden, die blinden Augen auf dem Weg nach Damaskus. An einem Frühlingsmorgen, da er noch im Bett liegt, hört er, wie Damienne und Simon in der Küche ihr Frühstück einnehmen. Die Katze springt auf das Bett. Er streichelt sie. Ein warmes Licht tritt durch die Fensterläden ins Zimmer. Er betrachtet die Katze, wie sie gegen ihn gelehnt schnurrt, die Augen halb geschlossen, und er beginnt zu weinen, da alles vorbei ist und er niemals wieder die häusliche Sanftmut eines solchen Morgens erleben wird. Es gibt keine Fragen und keinen Zweifel mehr. Er betritt die Küche. Ich werde gehen, sagt er, und Damienne versteht genau, was er sagen will. Sie nickt ein Ja und wirkt erschöpft. Er kommt und hockt sich nah zu Simon.

Wir werden uns bald wiedersehen, hörst du, ich werde dich nicht verlassen. Er kann den ernsten Blick des Jungen nicht entziffern. Als er die Tür hinter sich zugezogen hat, weint er noch einmal, er beklagt das Leben, das er doch nicht mehr will und das nicht wiederkehren wird, er beklagt die Feigheit seiner letzten Lüge, ich werde dich nicht verlassen, aber nein, im Gegenteil, er verlässt ihn, er verlässt sie beide, um dem Ruf einer Stimme zu folgen, die in der Nacht erklungen war und die er zunächst für seine eigene gehalten hatte, und er ist schuldig, selbst wenn er keine andere Wahl hat, als diesem Ruf zu folgen, er ist schuldig, und nichts wird ihn sühnen. Er läuft bis zur menschenleeren Kirche. Er geht im Mittelgang auf die Knie, das Kreuz vor ihm. Die Marienstatue bietet ihm ihren Rosenkranz dar. Die Tränen sind das einzige Gebet, zu dem er fähig ist. Nachdem er sie getrocknet hat, geht er zu seiner Schwester. Er ruft den Bischofssitz an. Ich möchte von Seiner Eminenz empfangen werden. Er kennt nicht einmal den Namen des Bischofs. Er trägt das Gewicht seiner Sünde aus der wonnevollen Zeit am Priesterseminar, er trägt es noch heute, in der Kirche, wo er das Gesicht von Damienne wahrnimmt, einer alten, so alten Frau inzwischen, die von ihrem Platz aus, nahe am Mittelgang, seiner jämmerlichen Predigt zuhört. Vielleicht denkt sie: War das alles der Mühe wirklich wert, wenn es darum ging, ein derart elender Priester zu werden? Ist er ein so elender Priester? Denken dürften dies zumindest die versammelten Gläubigen, die er mit seiner endlosen Predigt behelligt, nachdem er sie das vollständige *Dies irae* hat erdulden lassen, in tiefsten Hundstagen, die aus der Kirche einen Glutofen machen, einige werden sich vielleicht unwohl fühlen, andere sich möglicherweise entschließen zu gehen, weil sie es nicht mehr aushalten, so sollen sie doch gehen, denkt er, sollen sie doch alle gehen, sollen sie mich doch allein lassen mit Antonia, denkt er und fährt in seiner Rede fort, *Meine Seele ist zu Tode betrübt*, niemand hört ihm zu, er sieht sie wanken in der Hitze und einnicken auf den Bänken, *so habt Ihr nicht eine Stunde mit mir zu wachen vermocht*, sollen sie also gehen, sie sind ja doch nur gekommen, um gesehen zu werden, damit man sich erinnere, wer da war und wer fehlte, sie erfüllen eine gesellschaftliche Pflicht, ohne besondere Hingabe, und sitzen jetzt in der Falle, ihr Mitgefühl hält einer Stunde Unbequemlichkeit nicht stand, das ist zu viel verlangt, sie stecken fest in der unheilbaren Mittelmäßigkeit ihres Egoismus, und sollten sie versuchen wollen, dem zu entkommen, so reißt ihre Sünde sie doch wieder zurück, denkt er, oh, ich kenne euch, ich kenne euch alle, denn ich bin wie ihr, ich weiß es wohl, und ich würde gewiss nicht so hart über euch urteilen, wäre der arme Leichnam, der heute die Beleidigung eurer Ermattung hinnehmen muss, nicht derjenige meiner Kleinen. Er kennt sie alle, das stimmt, er hat mit ihnen gelebt, er hat die Jüngsten getauft, er hat Lætitia O. mit diesen dumpfen Trottel Xavier S. vermählt, der sich betont den Schweiß von der Stirn wischt und dabei keucht wie ein Vieh an seinem Futtertrog, einige von ihnen hat er sogar zur Beichte empfangen, wo sie sich wohlweislich davor hüteten, ihm ihre wahren Sünden zu nennen, weil sie ihn eben allzu gut kannten und sich so sehr vor ihm schämten, dass sie sich lang und breit eindeutiger Fehler anklagten, aber eben unwichtiger und abstrakter, und nicht nur abstrakter, sondern vollkommen erfundener Fehler, wie er selbst es auch getan hatte vor seiner Erstkommunion, als es galt, sich dem alten Priester anzuvertrauen, der ihn hatte aufwachsen sehen, vor welchem er dann scheinheilig, im reuevollen Ton eines Heuchlers, noch bevor er die Hostie empfing, eine Liste von Sünden abgespult hatte, die direkt aus einem Vorbereitungsleitfaden für Kinder stammte, ich habe absichtlich mein Abendgebet unterlassen, ich habe mich mit meinen Brüdern gestritten, ich habe böse Gedanken gegen meine Eltern gehegt, während er sich bewusst davor hütete, die unerträgliche Lüsternheit zu schildern, die ihm den Leib marterte und ihn in die Zwangsqualen der Masturbation trieb, oder die süße Wollust, die er empfand, wenn er bei jeder sich bietenden Gelegenheit fluchte und seine Klassenkameraden verprügelte. Diese vielen Jahre, die er mit all jenen verbracht hatte, die ihm seit Langem so nahe standen, hatten ihn fast zur der Überzeugung gebracht, dass das Sakrament der Beichte zwangsläufig durch die Lüge befleckt werden musste, bis er sich dann schließlich auf dem Kontinent niederlassen sollte, inmitten von Gläubigen, die ihn nicht kannten und ihm von daher mit einer Offenheit beichteten, die er manchmal als übertrieben empfand, übertrieben in einem Maße, dass er dann und wann vom Charme eines Klosterlebens träumte. Wäre Nächstenliebe so einfach, er weiß es nur allzu gut, hätte Christus gewiss nicht die Mühe unternommen, aus ihr das erste der Gebote zu machen. Antonias Pate bemühte sich ununterbrochen, seinen Willen durch Gebete zu bändigen, um mehr recht als schlecht die Liebe zu seinen Nächsten auszuüben, deren flüsternde Stimmen im Schatten das abstoßende Bild der menschlichen Niederträchtigkeit zeichneten, ehrgeizige Bestrebungen, kleinliche Eifersüchteleien, Engstirnigkeit, Habgier, Genusssucht und schnöde Gelüste, der kalte Schweiß der kleinen Alltagsverbrechen, die dem toten Auge der Schlange gleichende glanzlose Sünde. Im Beichtstuhl zu sitzen, erschien ihm, wie durch eine Kloake zu waten. Jeden Monat gestand ihm ein alter Mann, dass er hinter der Badezimmertür seine Großnichte belauerte, die regelmäßig an den Wochenenden zu ihm kam, um ihm nicht der Einsamkeit auszuliefern. Das vom grauen Star verdunkelte Auge verfolgte dabei den Verlauf der Wassertropfen, die über den Körper der in ein Frotteetuch gewickelten jungen Frau liefen, und er lauerte dem Moment auf, da das Niedergleiten des Tuches möglicherweise die feuchte Nacktheit enthüllte, die er in der perversen Intimität seiner Träume Hunderte Male berührte, verzeihen Sie, mein Vater, wenn Sie nur wüssten, wie sehr ich bereue, Monat für Monat erhielt er, außer der Absolution, äußerst strenge Ermahnungen, dass er sein Verhalten zu bessern hätte, aber er kam schon im nächsten Monat wieder und schmückte seine Erzählung mit einem weiteren, natürlich widerlichen Detail aus, eine Ansammlung von Schamhaar in der Duschwanne, ein mit dem Handbohrer in die Tür gedrilltes Loch, sodass Antonias Pate schließlich dachte, nichts von alldem würde stimmen und der alten Mann zöge aus dem ausführlichen Bericht einer erträumten Sünde, die er nicht zu begehen wagte, ebenso viel Lust wie aus seiner heftigen Selbstanklage, sodass sich der Priester durch aufmerksames Zuhören gegen seinen Willen zum Komplizen einer doppelten Gotteslästerung machte und obendrein noch deren Wiederholung bestärkte. Er beschuldigte seinen Gläubigen nicht der Lüge, verweigerte ihm aber schließlich doch die Absolution. So geht das nicht, sagte er streng zu ihm, Ihre Seele ist kein Betttuch, dass man auf unbegrenzte Zeit beschmutzen und wieder reinigen kann, und ich betreibe hier keine Wäscherei. Ich bin nicht hier, um Ihnen zu gewähren, dass Sie dieselbe Sünde bis zum Gehtnichtmehr wiederholen können. Ihre Verhärtung bei der Sünde, ich muss es Ihnen sagen, hält mich davon ab, an die Ernsthaftigkeit Ihrer Reue zu glauben. Auf der anderen Seite des Gitters begann der Alte zu schluchzen. Da er ihn stöhnen und schniefen hörte, wurde Antonias Pate zunächst speiübel, dann erfasste er das Ausmaß des Leids, mit dem er in diesem Augenblick in Berührung gekommen war, und wurde von einer Welle reinsten Mitgefühls erfasst. Dieser geächtete Greis war der Nächste, den es zu lieben galt, mit der gesamten Schwärze seiner schmerzerfüllten Seele, und nicht trotz dieser, ohne jeden Rückhalt und Ekel und von ganzem Herzen, so wie einst Julianus Hospitator die Lippen des Leprakranken geküsst hat. Antonia warf ihm stets vor, das Böse zu dulden und es auch nicht wirklich auszuloten, und er konnte sie kein einziges Mal davon überzeugen, dass sie sich irrte. Sie war ganz gewiss Zeugin von Dingen geworden, die er nicht erfahren hatte und sich wahrscheinlich gar nicht vorstellen konnte, dies ja, dies mochte er ihr zugestehen, aber sie lag falsch, wenn sie dachte, die Sünde lasse sich ebenso quantitativ erfassen wie die Delikte des Strafgesetzbuches, nein, die Sünde kann mehr oder weniger sichtbar sein, sie ist, in einem gewissen Sinne, immer vollkommen präsent, bei großen wie bei kleinen Verbrechen, sich selbst stets gleich, trübe, schmutzig, ohne Tiefe und Würde, dergestalt, dass im Kern jeder Sünde, und sei sie noch so verschwindend gering, stets das hässliche Gesicht der Medusa grinst. Da darf man nicht losbrüllen, was schwer fällt, da darf einem nicht das Herz gefrieren, wie er häufig dachte, dass es geschehen mochte, während er durch die Kloake des Beichtstuhls watete, nein, über das lebendige Fleisch, die eigensinnige Zirkulation des Blutes muss gewacht werden, denn Gott hat den Menschen nach Seinem Bilde geschaffen und Ihm ähnlich, und Antonia machte diese biblische Anspielung wütend, oh, nein, schön ist es wahrlich nicht, dieses Ebenbild und diese Ähnlichkeit Gottes, und das Vorbild dürfte noch schlimmer sein, und also hielt er sich mit den Anspielungen zurück, die ihm noch in den Sinn kamen, und er fragte sich, was sie wohl gesehen haben mochte beim blutigen Zusammensturz Jugoslawiens, von wo sie schließlich kein einziges Foto mitgebracht hatte, trotz der Reise, auf die sie sich so gefreut und in welche sie so viel Zeit und Geld investiert hatte, aber sie weigerte sich, irgendetwas zu sagen, er sah, wie sie litt, und für dieses Leiden war er, auch dieses Mal, wieder verantwortlich, da er es war, der ihr zum vierzehnten Geburtstag den Fotoapparat geschenkt hatte, ohne den sie sich niemals hätte überlegen können, dorthin zu gehen, wie sie sich auch nicht auf der Straße nach Ostriconi befunden hätte, eines Morgens im August 2003, bei aufgehender Sonne. *Du sollst dir keinen Götzen verfertigen, noch irgendein Abbild von etwas, was droben im Himmel oder unten auf der Erde oder im Wasser unter der Erde ist. Du sollst dich vor solchen nicht niederwerfen, noch sie verehren.* Er hatte dem Wort nicht gehorcht, und so hatte seine Patentochter

Götzen gedient, die sie niedergestreckt hatten. Er nährte keinerlei Bestrebungen zur Bilderstürmerei, im Gegenteil: Hatte Gott, da Er Christus zur Vergebung der Welt hingab, nicht Seinerseits zugestimmt, das vollkommenste Bild Seiner Selbst zu liefern? Antonias Pate mag es, wenn Kirchen angefüllt sind mit Statuen und Bildern, ja selbst ungeschickten Bildern, und nie hatte er den Eindruck, Götzen zu dienen. Im Dorf schienen die vierzehn Stationen des Leidenswegs von geistig zurückgebliebenen Kindern gemalt worden zu sein. Der unglückliche Simon von Cyrene muss unter einem im Vergleich zum anderen dramatisch zu kurz geratenem Bein leiden, die heilige Veronika unter erheblichem Übergewicht, und Christus selbst ist verwachsen. Das spielt keine Rolle. Der Blick richtet sich nur auf die Bilder, um sie zu durchdringen und jenseits von ihnen das ewige und ununterbrochen wiederholte Geheimnis der Passion zu erfassen. Ja, die Bilder sind eine offene Tür hin zur Ewigkeit. Aber die Fotografie besagt nichts über die Ewigkeit, sie schwelgt in Flüchtigkeit, attestiert das Unabänderliche und schickt alles zurück ins Nichts. Hätte es sie bereits zu Jesu Zeiten gegeben, das Christentum hätte sich nicht entwickelt oder wäre bestenfalls eine grauenhafte Religion der Hoffnungslosigkeit geworden. Damals hätte man Bilderstürmer sein und nichts bestehen lassen müssen. Die noch so realistischen bildlichen Darstellungen der Kreuzigung lassen in der Verletzung des Fleisches, wie in einer Umkehrung, das Wunder der Auferstehung flüchtig erkennen. Hätte es eine Fotografie vom Tode Christi geben können, sie hätte nichts anderes gezeigt als einen zu Tode gefolterten und dem ewigen Tod ausgelieferten Körper. Auf den Fotografien sind die Lebenden selbst zu Leichen verwandelt, da jedes Mal, wenn der Auslöser klickt, der Tod bereits eingetreten ist.

*Mein Vater, wenn es möglich ist, lass den Kelch an mir vorübergehen.* Doch es nicht möglich, natürlich nicht. Er muss ergriffen und getrunken werden. Aber wer nur hat Antonia den Kelch gereicht?

Seit einem nun schon zu lang andauernden Moment schweigt er, den Kopf niedergesenkt auf die Evangelien, und nährt so bei den Zuhörern die bald schon enttäuschte Hoffnung, dass er fertig wäre. Seine Schwester hat ihre Hände verkrampft auf der Rückenlehne des Betstuhls liegen. Er hat noch immer nichts über seine Patentochter gesagt. Noch bevor er sich wirklich dazu entschieden hat, nimmt er seine Rede wieder auf.

Antonia war genau genommen keine gute Christin, ich weiß es, und ihr wisst es. Wenn Sie die Existenz Gottes in Betracht zog, dann auf eine sehr merkwürdige Weise. Sie verließ sich nicht auf Ihn, sie legte ihren Glauben nicht in Ihn. Wir können in der Stunde, da wir sie wieder in Seine Hände übergeben, nicht lügen, auch nicht, um uns zu trösten, und jeder fühlt, wie ausgesprochen lächerlich die Lüge wäre, zu dieser Stunde und an diesem Ort, in der Bleibe dessen, der unmöglich zu betrügen ist. Aber ich weiß auch, dass Antonias Herz von einer Liebe überquoll, die sie gegenüber dem Leid besonders empfindsam machte, und ich weiß ebenso gut, dass das Leid zuweilen zur Revolte führen kann. Ich weiß es, weil ich ihr Onkel und Pate bin, weil ich sie kannte und liebte, und ich bitte vor euch und vor dem Herrn um Vergebung, wenn es mir, anders als ich es mir erhoffte, nicht gelingt, mich ausschließlich als Priester auszudrücken. Ich weiß auch, ich weiß vor allem, dass die Barmherzigkeit Gottes unendlich ist und Er in eine Tiefe der Herzen vordringt, die uns unzugänglich ist. Ich glaube, dass Er Antonia bei sich aufnehmen wird, und sie Ihm bereits nahe ist. Und dennoch leiden wir. Ich habe von den Tränen Christi gesprochen, zu lang und zu ungeschickt, und ich bitte euch noch einmal um Vergebung. Warum weint er? Weil er in innerer Zerrissenheit schwebt. Und wir schweben, mit ihm, ebenso in innerer Zerrissenheit. Wir müssen in ihr schweben: hier, zwischen Hoffnung und Trauer, zugleich unendlich niedergeschlagen vor Trauer und überbordend vor Hoffnung. So glauben wir, dass Antonia dem Herrn nahe ist, und wir beweinen sie dennoch.

7

# Offertorium: *Domine Jesu Christi*

(EIN VOR SEINEM ARZT IM STERBEN LIEGENDER SOLDAT, KORFU, 1915)

*Jesus Christus, Herr und König der Herrlichkeit,*
*erlöse die Seelen aller Gläubigen, die dahingeschieden sind,*
*von den Qualen der Hölle und dem tiefen Abgrund.*

1901, im Alter von sechzehn Jahren, verlässt Rista M. seine Geburtsstadt Šabac, um sich in Belgrad niederzulassen. Er möchte wahrscheinlich Maler werden und schreibt sich deswegen zunächst in einer Zeichenschule ein. Im selben Jahr lernt er Milan J., Hoffotograf von König Peter, kennen, der Zuneigung für ihn empfindet und ihn alle Feinheiten seiner Kunst lehrt. Denn seinerzeit steht außer Zweifel, dass Rista M. die Fotografie als Kunst betrachtet, die es zu adeln gilt. Er wird also kein Maler. Er wird aber auch kein Künstler, obwohl all seine Arbeiten einen außergewöhnlichen Sinn für Bildkomposition bezeugen, denn wer 1885 auf dem Balkan zur Welt kommt, dem ist nicht gestattet, sein Leben voll und ganz der Schönheit zu widmen.

Das, natürlich, weiß Rista M. 1901 noch nicht.

Er erhält sein Diplom 1905, er reist nach Wien, nach Berlin. Er sendet seinem Meister Selbstporträts, mit Melone und im Dreiteiler, die Silberkette seiner Uhr elegant an einem Knopf seiner Weste befestigt. Es macht ihn ganz offensichtlich glücklich, jung und tadellos gekleidet zu sein und Europa zu entdecken. Er bittet, dass man ihm etwas Geld sende. Er kommt nach Paris, wo er bei der Agentur Rol Anstellung findet. In der Plaine de jeux de Bagatelle fotografiert er Heldentaten der Luftfahrt, fürstliche Hochzeiten, Radrennen, Nationalbegräbnisse, er stellt seinen Apparat in Kathedralen und an Pferderennbahnen auf, er scheint sich auf Extravaganz zu spezialisieren, vergisst jedoch nicht, dass die Fotografie eine Kunst ist, und vermittelt stets mit derselben Virtuosität zwischen Leere und Fülle, Schatten und Licht.

Im September 1907 engagiert ihn der *Herald Tribune* als Korrespondenten, nachdem er eines seiner Fotos mit einem Preis prämiert hat. Man sieht darauf den Windhund von Gabriele D'Annunzio das Rennen machen, wenige Zentimeter vor demjenigen der Comtesse de Noailles. Die beiden Hunde rennen Flanke an Flanke, keine ihrer Pfoten berührt den Boden, sämtliche Muskeln ihrer lang gestreckten Körper sind angespannt unter dem dunklen Fell, sie schnellen von der rechten Seite ins Bild hinein, von einem Punkt her, der sich irgendwo unterhalb befindet. Man muss das Bild sehr achtsam betrachten, um zu begreifen, dass es sich nicht um das Gemälde eines leicht akademischen Klassizismus handelt, sondern um eine Fotografie, deren Bildkomposition innerhalb des Bruchteils einer Sekunde bedacht worden sein musste. In den Schattenbereichen wurden vielleicht einige Details mit Kohlestift verstärkt, falls eine perfekte Belichtung nicht jegliche Retusche überflüssig gemacht hat.

Man darf mutmaßen, auch wenn es sinnlos ist, dass Rista M., wäre die Geschichte Europas anders verlaufen, ein berühmter Fotograf geworden wäre, der sich, allen Reisens und des ständigen Umgangs mit der Aristokratie müde, am Ende, ausreichend reich geworden, nur noch der Kunstfotografie gewidmet hätte.

1912 jedoch, wenige Monate nachdem Gaston C. aus Tripolitanien zurückgekehrt war, berief Dragutin D., genannt Apis, Chef des serbischen Militärgeheimdienstes, Rista M. nach Belgrad. Apis ist nicht nur ein leidenschaftlicher Verschwörer und Königsmörder, der die Erinnerung an die Ermordung König Alexander I. von Serbien und seiner Frau Draga nicht etwa in Form irgendwelcher vagen inneren Bilder, sondern von drei noch immer in seinem Körper steckenden Kugeln bei sich bewahrt, er ist auch ein Mann, der die Rolle begriffen hat, die der Fotografie bei der Kriegspropaganda zukommen kann. Von nun an kümmert sich Rista M. nicht mehr um extravagante Ereignisse. Er folgt der serbischen Armee, deren Fahnen ein Patriarch gesegnet hat, auf die Felder siegreicher Schlachten bis hin nach Makedonien, von wo die Türken eben erst verjagt wurden. In Skopje wird König Peter von einer aus den religiösen Autoritäten der Stadt zusammengesetzten Delegation erwartet. Seite an Seite, unter dem Objektiv von Rista M., nähern sich dieser Zusammenkunft zwei Priester, der eine orthodox, der andere römisch-katholisch, ein Rabbi und ein Imam. Bald schon wird auch Kronprinz Alexander in Skopje eintreffen. In der Zwischenzeit spaziert Rista M. mit seiner Kamera durch die Stadt. Husaren, eng eingeschnürt in kurze, litzenverbrämte Jacken, reiten mit weißen, hoch aufragenden, im Licht schillernden Federn auf ihren Bärenfell-Kolpaks durch die Straßen. Unter dem Bogen eines Portals rauchen mit geschulterten Gewehren drei serbische Infanteristen eine Zigarette, und hinter ihnen, an der Grenze zur Überbelichtung, aber auch nur an der Grenze, erkennt man die Kuppel und das weiße Minarett einer Moschee.

Rista M. hat nichts von seinem Sinn für Bildgestaltung verloren.

Während der Zweite Balkankrieg beginnt, fotografiert er Soldaten, die auf einer Lichtung im Kreis um einen Fez tragenden Greis hocken, der ihnen eine Geschichte erzählt. Sie ähneln einer Gruppe gebannt lauschender Kinder. Im Hintergrund hebt sich zwischen zwei Bäumen im Gegenlicht die Silhouette eines Offiziers ab, der sie betrachtet oder aber seinerseits versucht, dem Greis zu lauschen.

Nein, Rista M. hat nichts von seinem Sinn für Bildgestaltung verloren.

Im Juli 1913 kehrt er nach Paris zurück, wahrscheinlich voller Freude. Falls er die Gelegenheit haben sollte, die wunderschönen Fotografien zu sehen, die in diesem Jahr an einem der englischen Strände des Grafen Dorset von einem rot gekleideten Mädchen aufgenommen wurden, kann er darüber nur in Verzückung geraten. Die Aufnahme darf sich an Feinheit und Schönheit mit der Malerei messen. Die junge Frau, der auf die Kiesel gehievte Kahn, die weißen Felsen und das Meer sind sämtlich dem Lauf der Zeit entrissen, sind jenseits ihrer Auswirkungen an einen Ort gestellt, der den sanften Ton der Haut, die Gesamtheit eines geheiligten Fleisches, die Jugend auf ewig bewahrt.

Vielleicht hegt Rista M. zu diesem Zeitpunkt die Illusion, das kurze, kriegsbedingte Zwischenspiel in seinem Leben wäre für immer zu Ende. Das zu glauben hört er auf, als es Gavrilo P. trotz des unglaublichen Dilettantismus bei den Vorbereitungen doch gelingt, auf Franz Ferdinand zu schießen, weil der Erzherzog, von den stürmischen Mächten des Schicksals geblendet, den ganzen Tag über den Tod herausforderte, der in den Straßen von Sarajevo unentwegt vor ihm floh. Die Verschwörer werden aus der Miljacka gezogen, auf der Straße gefangen gesetzt. Sie spucken Galle und verfallenes Zyankali auf die Uniformen der Polizisten, die sie fesseln.

Rista M. kehrt eilig nach Serbien zurück. Er weiß nun, dass das Schlimmste bevorsteht. Er fürchtet, die Seinen nie mehr wiederzusehen. Er begibt sich nach Šabac, um sie zu küssen, kommt jedoch zu spät und findet nur mehr seine Mutter vor. Seine Brüder sind bereits eingezogen. Er denkt nicht mehr an die berühmten Sportler, an die in ihren weißen jungfräulichen Kleidern zum Altar geführten Prinzessinnen oder an die empfindliche und nobel gewölbte Wirbelsäule der Windhunde. Er sucht in Belgrad ein Büro nach dem anderen auf, um die Erlaubnis zu erlangen, sich an die Front zu begeben, wo er Fotos machen möchte, da er sich nur auf diese Weise, so seine Überzeugung, nützlich machen könne. Er ist akkreditiert. Er fotografiert alles, den Enthusiasmus der Mobilmachung, die Flüchtlingskolonnen, zwei Reiter, die lässig an einem zur Hälfte im Schlamm versunkenen ungarischen Leichnam vorbeiziehen, Šabac in Ruinen mit seiner brennenden Kirche, die Schlacht am Jadar, die an der Kolubara, welche die serbischen Truppen auf Hilfsbrücken überqueren, Typhusopfer. Gut möglich, dass er auf John R. trifft, der von der Westfront verjagt wurde, da er in einem Moment voller Enthusiasmus auf die französischen Gräben zielte, um die nagelneue Luger P08 zu testen, die ein freundlicher deutscher Offizier ihm geliehen hatte, und der inzwischen im wahrsten Sinne des Wortes quer über den Balkan zieht, von Thessaloniki nach Belgrad, vom Schlachtfeld in die Nachtclubs, in Begleitung eines kanadischen Dissidenten, trunken wie dieser vom Kriege und vom *Rakija*.

Die Armee überträgt Rista M. die Aufgabe, Filme zu entwickeln, die bei österreichischen Soldaten gefunden worden sind. Der Entwickler lässt zunächst Bauern erkennbar werden, die an einen Pfosten gefesselt sind, die Fußspitzen schweben dreißig Zentimeter über dem Boden und scheinen noch immer vergeblich nach Halt zu suchen, dann einen Wald von Galgen, um die herum Österreicher, ein Lächeln auf ihren Lippen, in aller Seelenruhe miteinander plaudern. Rista M. begreift, dass die Menschen es merkwürdigerweise lieben, die ergreifende Erinnerung an ihre Verbrechen mit derselben Unschuld festzuhalten wie die an ihre Hochzeit, an die Geburt ihrer Kinder oder an jedweden anderen besonderen Augenblick ihres Lebens. Die Erfindung der Fotografie gewährt ihnen die unwiderstehliche Versuchung, diesem Hang nachzugeben. Die Idee, dass sie damit einen Zeugen, der belastender nicht sein kann, gegen sich selbst vorbringen, scheint ihnen nicht in den Sinn zu kommen. Warum sollten sie sich auch sorgen? Über das ganze Jahrhundert hinweg, das gerade seinen Anfang nimmt, werden sie Aufnahmen von ihren Opfern machen, ermordet, erhängt oder gekreuzigt, entlang einer Straße in Anatolien, einem Spiegelspiel gleich, das ins Unendliche hinein das Ebenbild Christi vervielfacht, sie werden unablässig posieren, am Rande eines Grabens voller Leichen in Weißrussland, vor einer Aufreihung abgeschnittener Köpfe im Kongo oder im Lager von Jasenovac, seitlich von einem Gefangenen, dessen Hals sie gerade beginnen durchzusägen. Sie würden auf gleiche Weise vor einem berühmten Gebäude posieren, vor einer Jagdtrophäe oder schlicht und einfach am Ende eines guten Essens unter Freunden. Trotz der Veränderungen von Epochen und Kleidung drücken die Gesichter stets das gleiche Gefühl aus, nicht unbedingt Freude, sondern etwas Flüchtigeres und Leichteres, etwas wie Ungezwungenheit, unschuldiges Wohlbefinden.

Ende 1914 hat Rista M. ein Archiv schamloser Gräueltaten zusammen.

Er sammelt Fotografien der Qualen, er klassifiziert sie, er versieht sie mit Anmerkungen. 1916 werden sie im Louvre und im Victoria and Albert Museum ausgestellt und anschließend in die USA verschickt. Die Bestialität des Feindes ist von nun an dokumentiert, und jeder kann sich an dem Schauspiel weiden und dabei voll und ganz dem Luxus der Empörung frönen. Es ist nicht ausgeschlossen, dass eine ähnliche Ausstellung irgendwo zwischen Budapest und Berlin zu sehen ist.

Im Oktober 1915 tritt Bulgarien in den Krieg ein. Wenige Wochen später bricht das in die Zange genommene Serbien zusammen. Die Armee, die Regierung, der Prinzregent Alexander, der alte in einem von Ochsen gezogenen Fuhrwerk liegende König Peter, Rista M., mit seiner Kamera, und eine Truppe abgemagerter Flüchtlinge treten mitten im Winter einen langen Rückzug an, der sie über die albanischen Berge hinweg bis ans Mittelmeer führen soll. Sie schreiten durch den Schnee vorwärts, überqueren an einer Furt die gefrorenen Wasser des Drin, die Soldaten bedienen sich ihrer Gewehre als Krücken, und Tag für Tag streut die Kolonne Leichen auf den Weg ihres Untergangs.

Zum ersten Mal vernachlässigt Rista M. die Bildgestaltung.

Alles ist weiß. Es ist unmöglich, Hintergründe zu erkennen, die den Eindruck von Tiefe aufkommen ließen. Ein erfrorener Wachposten ist in einer Welt zusammengebrochen, die nur mehr zwei Dimensionen kennt.

Ein ganz junger Knabe, eingemummt in einen Haufen Lumpen, richtet auf das Objektiv den kränklichen Glanz seiner faszinierten blauen Augen.

Ein Soldat lehnt sich gegen einen Baum und fixiert die Abwesenheit des Horizonts.

Rista M. macht weiter. Er fotografiert den Hunger, das Fieber, die resignierten Männer, die sich aus der Kolonne entfernen, um sich in einer Geste von Schlichtheit und Erleichterung abseits in den Schnee zu setzen. Er kommt schließlich in San Giovanni di Medua an, wo die französische Marine die Überlebenden empfängt, um sie nach Korfu zu bringen. Notkrankenhäuser werden in Zelten errichtet, die Rista M. aufsucht. Ein verblüffter Arzt sitzt nah bei einem nackten Mann, der so mager ist, dass man meinen könnte, er sei bar allen Fleisches. Sämtliche Details des Skeletts sind wie auf der Farbtafel einer medizinischen Enzyklopädie sichtbar. Unterhalb des Brustkastens ist der Bauch verschwunden, und man möchte meinen, die inneren Organe seien gleichfalls verschwunden. Der Umfang des Schenkels ist nicht größer als der des Oberschenkelknochens. Die Kniescheiben dehnen die Haut gewaltig. Die Erhebung des Hüftknochens sticht am unteren Rücken hervor. Doch das Gesicht ist weiterhin erstaunlich menschlich, geprägt von melancholischer Resignation. Rista M. drückt ab. Er sucht nicht nach dem besten Blickwinkel. Er möchte lediglich die Spur dessen bewahren, was sich hier ereignet hat. Auf den Rücken der Fotografie notiert er: *Fünfzehn Minuten später gestorben.*

Im Lauf der Tage dann findet Rista M. zurück zu seinem Sinn für Bildgestaltung. Sein gesundheitlicher Zustand verbessert sich, er isst sich satt, er hat Gefallen an der Harmonie, und der Horizont ist wieder sichtbar.

In der Ferne sieht man Kriegsschiffe vor Anker gehen. Im Vordergrund entfernt sich ein Kahn vom Kai, um auf das offene Meer hinauszufahren, mit einem aufrechten Mann als Galionsfigur, der die Hände in die Hüften stemmt und sich zum Fotografen dreht. Am Heck, mit dem Rücken zum Betrachter, hält ein zweiter Mann ein Ruder. Der Kahn quillt vor lauter ineinander verschlungener

Leichen über. Die Toten sind zu zahlreich, um beerdigt zu werden, die blauen Wasser des Mittelmeers werden ihnen als Friedhof dienen. Kohlestriche betonen die Bewegung der Wellen, die Schatten sowie die Rümpfe der Schiffe. Rista M. setzt ein weiteres Mal ein Zeichen in Richtung Malerei. Er versteht es, den zeitlosen Inhalt des Augenblicks aufscheinen zu lassen. Die beiden Gefährten werden zu Fährmännern des Styx, und man malt sich aus, wie sich der Mund eines jeden Verstorbenen, den sie hinübergeleiten, um einen goldenen Obolus geschlossen hat.

*Erlöse sie aus dem Maul des Löwen, damit die Hölle sie nicht verschlinge und sie nicht in das Dunkel fallen.*

Am Ende des Krieges lässt er sich in Belgrad nieder. Sein Land hat den Namen gewechselt, was es noch mehrere Male tun sollte. Es ist von nun an Peter I., König der Serben, Kroaten und Slowenen von Gottes Gnaden und durch den Willen des Volkes, der einen in serbokroatischer und französischer Sprache verfassten Pass ausstellen wird für Rista M., vierunddreißig Jahre alt, Journalist, mittlere Größe, schmales Gesicht, kastanienbraunes Haar, blaue Augen, regelmäßige Nase, regelmäßiger Mund und Schnäuzer, welcher 1929 Untertan von Alexander I. wird, König von Jugoslawien. Er arbeitet in der Presseabteilung des Auswärtigen Amtes, bevor er seine eigene Agentur gründen wird. Er fotografiert die Königsfamilie, die mit Puppen spielenden Prinzessinnen, den Kronprinzen, König Alexander, wie dieser aus dem Halbschatten von Unterholz zu Pferde ins Helle vordringt. Er versucht sich an der Farbfotografie, an den Bewegungen des Lebens in den Parkanlagen und Straßen von Belgrad.

1930 ist er bei der Eröffnung des Denkmals anwesend, auf dessen Sockel folgender Satz eingraviert steht: *Wir lieben Frankreich, so wie es uns geliebt hat.*

1934 berichtet er, obgleich ihm inzwischen bewusst ist, dass kein Zwischenspiel je ein Ende findet, über den Besuch Görings in Belgrad. Und dennoch macht er weiterhin Aufnahmen, die tadellos komponiert sind, Aufnahmen des alltäglichen Lebens und des häuslichen Glücks. Kann er darin etwas anderes erkennen als das lange Vorüberziehen von Schatten und Gespenstern? Er möchte sich auf jeden Fall nicht für etwas anderes interessieren. Er begleitet Alexander nicht nach Frankreich. Er hört nicht die Schüsse, nicht das Wiehern der Pferde, die Schreie der Menge, auf die panische Polizisten ihre Waffen entladen. Zahlreiche Fotografen sehen, wie der König, den er so viele Male porträtierte, in der angehaltenen Staatskarosse auf der Canebière sein Blut lässt, aber Rista M. ist nicht unter ihnen.

Er erfährt, dass der Spanische Bürgerkrieg ausgebrochen ist.

Ein Jahr später, während er die spazierenden Pärchen am Ufer der Save begleitet, sieht ein Funktionär des NKWD in der Lubjanka, der die Fotografie wohl nie als Kunst betrachten wird, tagtäglich all jene an seinem Objektiv vorbeiziehen, die sich dem Tod oder der Deportation Richtung Kolyma ausgeliefert wissen. Er archiviert sorgsam all ihre Porträts, auf die er ihre Vornamen, Vatersnamen und Familiennamen notiert. Z., Aleksei Iwanowitsch, B., Anna Moiseevna, B., Evguenia Iosifovna, V., Elizaveta Alekseevna, M., Ossip Emiljewitch, V., Vladimir Nilowitsch, sie sind vierzig, sechzig oder zweiundsiebzig Jahre alt, sie sind Dichter, Zimmerleute, Arbeiter, Rentner, orthodoxe Priester, Übersetzerinnen. Man liest in ihren Augen Zorn, Ironie, Schrecken, Niederlage, Erschöpfung oder Fassungslosigkeit, wenig aber wiegt die Verschiedenheit ihrer individuellen Reaktionen, da der Funktionär bei der Erfüllung seiner stumpfsinnigen Verwaltungsaufgabe, ohne es eigens zu beabsichtigen, die Anwesenheit des Todes fassbar macht, die sich bei jedem von ihnen eingenistet hat und gegen die anzukämpfen sie nicht einmal mehr träumen. Sie bieten alle derselben Tatsache die

Stirn, die weder die Kamera ist noch der Funktionär, der sie handhabt und wahrscheinlich bald schon ihren Platz einnehmen wird, sondern ein unbeschreibliches Gesicht, dessen monströse Züge ihnen bereits das Herz gefrieren ließen. In ihrem felsenfesten Schweigen scheinen sie alle dieselben Worte zu wiederholen, Worte, die in Großbuchstaben vom kleinen Mark Solomonwitsch N. beim Augenblick der Festnahme seiner Eltern in sein Tagebuch niedergeschrieben wurden: *Mama Papa Liouka Izia wir alle sind tot so ist das nun mal.*

*Der heilige Michael, der die Fahne trägt,*
*soll sie in das heilige Licht führen.*

So ist das nun mal. Die Bilder des Lebens gilt es zu vergessen, hinter sich zu lassen die trägen Liebespaare im Kalemegdan-Park. Wieder ist es ein weiterer Krieg, der vierte, der Rista M. fortführen wird. Am 27. März 1941 nimmt er an der Demonstration gegen den Vertrag teil, den Prinzregent Paul eben erst mit den Achsenmächten unterschrieben hat. Der Prinzregent flieht. Am 6. April beginnen die Deutschen das *Unternehmen Strafgericht*. Rista M. läuft durch das bombardierte Belgrad, er fotografiert die Wiederkehr des Todes, aufgerissene Gebäude, Straßenbahnen, die zusammengeknautscht sind wie Papierspielzeug, daliegende Leichen entlang der gesamten Knez Mihailova. Er kündigt seine Stelle, als Milan N. Premierminister der Regierung der nationalen Rettung wird. Er macht heimlich weiterhin Fotos. Er wird gesucht. Er geht in den Untergrund. 1943 entkommt er drei Männern, die ihn verfolgen, indem er sich in einem Haus verbirgt. Er kann es sich nicht verkneifen, sie durch die Öffnung eines Fensters hindurch zu fotografieren. Er wartet, bis die drei Männer korrekt im Bildrahmen positioniert sind, weder zu weit voneinander entfernt noch zu nah beisammen, und als sich einer von ihnen plötzlich in einer interessanten Unterbrechung der Symmetrie umdreht, betätigt er den Auslöser. Auf die Rückseite seines persönlichen Abzugs notiert er: *Kollaborateure auf der Suche nach dem Schöpfer dieser Aufnahme, um ihn zu erschießen.*

In Zagreb wird Curzio M. in eben diesem Augenblick vom Oberhaupt des unabhängigen Staates Kroatien empfangen, der ihm voller Rührung das kostbare Geschenk präsentiert, das er von der Ustascha erhalten hat, eine mit ausgerissenen Augen angefüllte Salatschüssel. Wenn es auch nicht ratsam ist, der Zeugenschaft von Curzio M. wortwörtlich Glauben zu schenken, so muss man doch das Talent bewundern, das er an den Tag legt, um die Vielfalt komplexer Situationen in einem einzigen unvergesslichen Gleichnis zu verdichten.

Im April 1944 sind es dann die Alliierten, die ihre Bomben niedergehen lassen.

Im Oktober marschiert die Rote Armee in Belgrad ein.

Rista M. fotografiert Jubelszenen, Lachen, Blumensträuße und seinen Sohn, der zwischen den Beinen sowjetischer Soldaten umherläuft, die sich neben einem riesigen JS-2-Panzer aufhalten. Aber er weiß, dass die Freude der Menschenmassen nur im Blut ihre Vollendung findet, und da er nun einmal Fotograf ist und sein Beruf von ihm verlangt, dass er die Spur all dessen aufzeichnet, was sich hier eines Tages ereignete, fotografiert er die Lynchakte und standrechtlichen Hinrichtungen. Ein Partisan bemerkt ihn, läuft auf ihn zu und zerschlägt seine Kamera. Man konfisziert alle umstrittenen Fotografien. Von der Befreiung Belgrads kann er nur die Blumen bewahren, das Lächeln der Frauen, das liebenswürdige und brüderliche Gesicht der Soldaten der Roten Armee und das Bild seines Sohnes, wie er neben einem Panzer umherläuft.

In der neuen Sozialistischen Föderativen Republik Jugoslawien macht er seine Agentur wieder auf. Er erteilt keinen Unterricht für Malen oder Zeichnen, sondern für Fotojournalismus.

1955 geht er, siebzigjährig, in Rente.

Als er im April 1969 stirbt, befinden sich die Vereinigten Staaten im Krieg mit Vietnam, und inzwischen sind neun Jahre vergangen, in denen Rista M. kein einziges Foto mehr gemacht hat. Wir kennen die Gründe für diesen brüsken und vollständigen Rückzug nicht. Wenig wahrscheinlich ist, dass er dem Alter geschuldet ist. Vielleicht ist Rista M. dieser Bilder am Ende überdrüssig geworden, die mit der Malerei niemals mithalten können, da die Fotografie letztendlich nicht wirklich als Kunst ihre Macht entfaltet. Ihr Feld ist nicht das der ewigen Schönheiten. Sie zerschneidet den Lauf der Zeit wie die unerbittlichen Moiren, und die Macht dies zu tun, sie ist allein ihr eigen. Wenn dem tatsächlich so ist, dann muss Rista M., einmal alt geworden, sich bewusst geworden sein, dass er ein ganzes Leben lang auf einem Weg entlanggeirrt war, der nicht der seine gewesen ist.

Vielleicht aber hat er auch schlicht und einfach aufgehört, weil es in seinen Augen auf dieser müden Welt, die ihn umgab, nichts mehr zu fotografieren gab. Alles war gesagt, in einem unerträglichen Stottern bis zum Erbrechen wiederholt worden. Es ist nicht einmal undenkbar, dass er an der Schwelle zum Tode bedauert haben mag, nicht sehr viel früher aufgehört zu haben: in Korfu, gegen Ende Dezember 1915. Denn 1969 kann er nicht mehr ignorieren, dass er an jenem Tag im Zelt eines Landkrankenhauses am Saum des blauen Friedhofs namens Mittelmeer nicht nur das Foto eines verhungerten Soldaten im Todeskampf geschossen, sondern ein für alle Mal in einem einzigen ergreifenden Bild das Gesicht des Jahrhunderts eingefangen hat.

*Wie Du es einst versprochen hast dem Abraham und seinem Samen.*

8

# *Sanctus*

(OSTDEUTSCHE GRENZSOLDATEN,
EINE ÖFFNUNG IN DIE MAUER
SCHLAGEND, BERLIN, 1989)

Als Pascal B. im März 1989 zum dritten Mal festgenommen wurde, lief Antonia nicht los, um an der Schulter ihres Onkels Halt zu suchen. Sie wusste, dass sie weder das Warten noch die Blicke ironischen Mitleids ertragen würde. Sie wusste auch, dass sie sich für einen endlosen Kreislauf entschieden hatte, aus dem sie niemals freikäme, als zöge sie gleichsam Orbitalbahnen um einen Planeten von unvorstellbarer Masse. Das Leben, das sie erwartete, würde jenes wiederholen, dass sie bereits durchlebt hatte. Pascal B. würde ins Gefängnis geworfen und dann wieder aus dem Gefängnis entlassen werden, und man würde ihn wieder hineinwerfen, wieder und immer wieder, und sie wäre da und würde auf ihn warten, von Mal zu Mal älter und enttäuschter, bis es dann irgendwann zu spät sein würde. Auf ihren Grabstein würde man nicht ihren Namen gravieren, sondern weitaus schlichter »Die Frau von Pascal B.«, und das wäre nur recht, denn das Gravitationszentrum ihrer Existenz hätte sich stets außerhalb ihrer selbst befunden. Es wäre ihr natürlich untersagt gewesen, sich über den Egoismus ihres Geliebten zu beklagen. Wer könnte jemanden des Egoismus bezichtigen, der es akzeptierte, sein Leben und seine Freiheit einer politischen Sache zu opfern? Nichts anderes bliebe zu tun, als die Gegenwart von Pascal B. während seiner Monate in Freiheit zu genießen. Aber diese Gegenwart selbst war in sich unstet, vor allem, seit Antonia in Ajaccio lebte. Sie sah ihn zwei- oder dreimal pro Woche, sie wusste niemals, wann genau, er ließ es sie erst am Tag selbst wissen, manchmal rief er sie mitten in der Nacht an, bevor er bei ihr aufkreuzte, und häufig hatte sie an seiner Haut verdächtige Ausdünstungen weiblichen Parfums gerochen. Pascal B.s Zugehörigkeit zu einer Untergrundbewegung bot praktische Vorteile. Er durfte nie sagen, wo er war, nie, was er tat, und auch nie, mit wem, und da durfte doch bezweifelt werden, ob er diese professionelle Verpflichtung nicht nutzte, um sich Aktivitäten hinzugeben, die mit dem französischen Kolonialismus und dem Freiheitskampf so gut wie nichts zu tun hatten. Sie war ihm deswegen nicht böse. Sie kannte ihn, so wie sie all die Jungs kannte, mit denen sie zusammen aufgewachsen war und für die sich das schöne Geschlecht aufs Allereinfachste dieser Welt in zwei nicht nur grundverschiedene, sondern unveränderlich wasserdichte Kategorien teilte: in diejenige der ehrbaren Frauen und in diejenige von Frauen, die dies nicht waren. Die offizielle Lebensgefährtin gehörte klarer Weise der ersteren an, wo sie mit Müttern, Tanten und Schwestern verkehrte. Alle anderen Vertreterinnen des weiblichen Geschlechts gehörten der zweiten an, aus deren Kreise es einem freistand, sich seine Gelegenheitspartnerin zu suchen, ohne dass dies Konsequenzen nach sich gezogen hätte. Und wenn es geboten war, diese kurzen Wechselbeziehungen zu verheimlichen, dann nicht etwa, weil man ihretwegen Reue zeigte, ja nicht einmal, weil man ihnen auch nur die geringste moralische Bedeutung zumaß, sondern um die Lebensgefährtin oder Ehefrau zu schützen, von der man weder verlangte, dass sie Verständnis zeigen noch eine derart subtil dichotome Sicht auf die Welt anerkennen würde. Kurz gesagt, es erlaubte einem, sich Ärger zu ersparen. All dies wusste Antonia nur allzu gut, hatte sie es doch lang genug hingenommen. Sie reagierte darauf nicht mit wirklicher Eifersucht, sondern angesichts der permanenten Geheimniskrämereien nur mit Unmut und auch ein wenig mit Ekel, als zwänge man sie, zwischen zweifelhaft klammen Laken zu schlafen.

Sie schrieb Pascal B. nicht, sie schickte ihm kein einziges Foto. Sie erbat eine Besuchserlaubnis, die sie auch nach einigen Wochen erhielt. Zum ersten Mal in ihrem Leben betrat sie ein Gefängnis. Sie schritt hinter einem Wachmann durch den Dreck ellenlanger gelb gestrichener Gänge, und jedes einzelne Schlagen der Schlösser ließ sie zusammenzucken. Pascal B. erwartete sie im Besuchszimmer. Er war fröhlich. Er beschwerte sich nicht über das Ausbleiben von Briefen. Sie war glücklich, ihn zu sehen, selbst an diesem widerlichen Ort, und sie wurde von der Angst gepackt, mit ihm nicht so reden zu können, wie sie es sich vorgenommen hatte. Er griff nach ihrer Hand.

Sie haben nichts, weißt du? Das wird auch diesmal wieder mit einer Einstellung des Verfahrens enden, du musst dir keine Sorgen machen. Ich werde freikommen.

Sicherlich, sagte sie. Du wirst freikommen. Aber nach wie langer Zeit?

Er zuckte mit den Schultern.

Einige Monate, ein Jahr, keine Ahnung. Die haben es nicht eilig, diese Untersuchungsrichter, weißt du?

Sie neigte sich zu ihm hin und sagte voller Zärtlichkeit: Pascal. Ich werde nicht auf dich warten. Dieses Mal werde ich nicht warten.

Er versteifte sich auf seinem Stuhl.

Du bist hergekommen, um mir das zu sagen? Hier?

Ja, ich bin hierhergekommen, um dir das zu sagen. Wäre es dir lieber gewesen, ich hätte dir geschrieben?

Er senkte die Augen, ohne ihr zu antworten. Sie sammelte all ihren Mut zusammen und fügte hinzu, dass sie ihn noch immer liebe, aber dieses Leben so nicht wolle, und dass sie genau wisse, dass es nichts brächte, ihn seinerseits zu bitten, sich von seinem loszusagen, was sie wiederum, selbst wenn es was brächte, doch nicht täte, da sie nicht wolle, dass er sich ihretwegen von was auch immer lossage und ihr schließlich grollen würde, falls sie aber so weitermache, wäre irgendwann sie es, die ihm grollen würde, in Wahrheit grollte sie ihm bereits wegen dieses Lebens, das er ihr gegen ihren Willen aufbürdete und welches sie ablehnte, sie hätte nicht warten können, bis er rauskommen würde, um ihm das zu sagen, sie hätte keine Komödie über mehrere Monate oder ein ganzes Jahr lang oder sogar noch länger spielen können und habe es also vorgezogen, herzukommen und es ihm sofort zu sagen.

Er richtete seine Augen wieder auf sie.

Ich werde in meine Zelle zurückgehen, murmelte er und rief nach dem Wachtmeister.

Sie hielt seine Hand fest, als er sich langsam von seinem Stuhl erhob, Pascal, warte doch, sie sprach in aller Eile, ich bin nicht stark, ich kann das nicht ertragen, aber ich lasse dich nicht im Stich, ich werde dich niemals im Stich lassen, du musst wissen, dass du umso mehr auf mich zählen kannst, wenn ich – da aber stand er ihr bereits aufrecht gegenüber. Er wollte nichts mehr von ihr hören. Ich werde in meine Zelle zurückgehen. Er drehte ihr den Rücken zu und folgte dem Wachtmeister. Sie hasste es, ihn ihretwegen leiden zu sehen. Sie hasste noch mehr die Anstrengungen, die sie gegen ihren Willen aufbrachte, um ein gutes Gewissen zu haben. Sie kehrte nach Korsika zurück, bedrückt vom Gewicht eines Fehlers, den leicht zu reden sie sich weigerte.

Als Madeleine O. von der Trennung erfuhr, scheute sie nicht die Mühe, bis nach Ajaccio zu fahren, um Antonia in den Büroräumen der Redaktion aufzusuchen.

Was du da gemacht hast, das ist einfach ekelhaft. Untersteh dich bloß, mich noch einmal anzusprechen.

Madeleine sprach im Tonfall der verletzten Tugend, als wäre ihr eigenes Verhalten stets mustergültig gewesen und hätte ihre Legitimität als moralische Instanz nicht infrage stellen können. Antonia war darüber eher verwundert als verletzt.

Das ist wirklich lustig, Madeleine, antwortete sie ihr, aber ich habe durchaus nicht die Zeit zu lachen, ich habe viel zu tun. Zisch ab!

Am darauffolgenden Samstag begab sie sich für zwei Tage ins Dorf zu ihren Eltern. Ihr Pate bemühte sich, seine Erleichterung, sie endlich von Pascal B. losgesagt zu wissen, zu verbergen. Er war intelligent oder feinsinnig genug, um zu begreifen, dass jegliches Bekunden von Freude und *erst recht* jedwede Kritik an dem hinauskomplimentierten Geliebten von Antonia nicht gerade wohlwollend aufgenommen worden wäre. Er begnügte sich also damit, sie mit neu erwachter Zuneigung zu behandeln.

Er war der Einzige.

Auf der Barterrasse vor einem Kaffee sitzend, den sie hatte kalt werden lassen, war ihr, als sei sie zu einem Gespenst geworden, das in einem Haus bei vollständiger Gleichgültigkeit seiner Bewohner herumspukte. Keiner ihrer Freunde grüßte sie. Keiner würdigte sie eines Blickes. Sie hätte verschwinden können. Der Stolz befahl ihr, sitzen zu bleiben. Sie musste sich vor niemandem rechtfertigen und sich erst recht nicht schämen. Am späten Nachmittag kam Simon T. vorbei. Sie wähnte schon, dass er an ihr vorbeiziehen und vorgeben würde, sie nicht zu sehen, aber er küsste sie und setzte sich zu ihr. Vom Inneren der Bar her warf Jean-Christoph C. ihm einen vorwurfsvollen Blick zu, den Simon, ohne mit der Wimper zu zucken, ertrug, bevor er mit Antonia eine freundschaftliche Unterhaltung begann. Als der Augenblick gekommen war, da sie zu ihren Eltern aufbrach, legte sie ihm die Hand auf die Schulter und bedankte sich bei ihm. Er zuckte zusammen und murmelte irgendetwas vollkommen Unverständliches. Sie verstand damals nur, dass Simons Gefühle ihr gegenüber nicht einfach nur freundschaftlicher Natur waren. Dieser Junge war in sie verliebt, und sie musste schon wirklich dumm, blind oder höchst gleichgültig gewesen sein, um nicht schon viel früher begriffen zu haben, was er da so linkisch verheimlichte, denn zweifellos war er schon recht lange in sie verliebt, nicht unbedingt seit jenen Tagen, da sie auf dem Dorffest gemeinsam eine Tango-Parodie getanzt hatten, aber doch schon recht lange, ja, das also war es, warum er auf alles, was sie sagte, so sensibel reagierte und so schnell verletzt war, das also war es, warum er der lächerlichen Versuchung nicht hatte widerstehen können, sich im Kastenwagen zu erkennen zu geben, nicht etwa, weil er ein Prahlhans war – wie die meisten der Militanten des FLNC, die sie kannte und die es sich nie verkneifen konnten, dem, der es hören wollte, insbesondere aber vollkommen Unbekannten, die Erzählung der Heldentaten, von denen nicht einmal sicher war, dass sie deren Urheber waren, so unverhohlen zu liefern, dass dieser ununterbrochene Ausfluss an spontanen Bekenntnissen die Arbeit der Polizei stärker noch erschwerte, als eine hypothetische *Omertà* es vermocht hätte – nein, sondern weil er verliebt war, verliebt und verzweifelt, wusste er doch sehr genau, dass die Mädchen schon längst älteren Jungs versprochen waren, mit denen zu konkurrieren nur umso unvorstellbarer gewesen ist, als dass er sie über jedes Maß hinaus bewunderte, allen voran Pascal B., den er noch mehr als die anderen und mit einer Inbrunst bewunderte, dass er ihm sogar einen Kult weihte, was ihm wiederum keine andere Wahl ließ, als elendig im Geheimnis seiner unmöglichen Liebe zu vergehen, bar jeder Hoffnung, eines Tages darüber ein Geständnis ablegen zu dürfen, zumal Antonia, da sie während seiner Haft mit ihm gebrochen hatte, jenes Tabu noch unverletzbarer hatte werden lassen, das schwer auf ihr wog und sie vollkommen unnahbar machte. Antonia mutmaßte, dass ihre Unnahbarkeit, weit davon entfernt, das Hemmnis der unschicklichen Liebe zu bilden, deren Objekt sie war, tatsächlich doch deren hauptsächlichen Grund ausmachte, vielleicht sogar ja den einzigen. Nicht sie, sondern die »Frau von Pascal B.« war es, die Simon liebte, das heißt, im Grunde genommen, Pascal B. selbst. Nichts von dem war besonders schmeichelhaft. Zumindest musste sie nicht befürchten, dass Simon irgendetwas unternehmen und sie zu einer anstrengenden Richtigstellung zwingen würde, bei der möglicherweise das Verhältnis mit der einzigen Person getrübt werden mochte, die sie nicht wie eine Aussätzige behandelte.

Zwei Wochen später erhielt sie einen verblüffenden Brief von Pascal B. Er verstünde sie, er verstünde sie sehr gut, selbst wenn es ihm, natürlich, nicht leichtfiele, sich von ihr loszusagen. All diese Jahre seien wahrscheinlich schmerzhaft für sie gewesen, selbst wenn er niemals auf die Idee gekommen wäre, auch nur darüber nachzudenken, weswegen er sich entschuldigen wollte, und sie habe das Recht, sich eine andere Zukunft zu wünschen, er sei auf sie wütend gewesen, aber dies hätte nun ein Ende, er habe ihr nichts vorzuwerfen, er habe ihr in Wirklichkeit niemals etwas vorzuwerfen gehabt, und eins sei sicher, er schenke ihr Vertrauen, er wisse, dass er weiterhin auf sie zählen könne, trotz ihrer Trennung, mehr als auf irgendjemanden sonst, und wenn er dies bedenke, dann sei er beinahe glücklich und könne es kaum erwarten freizukommen und sie wiederzusehen. Dieses Mal musste Antonia Tränen der Liebe und Dankbarkeit zurückhalten. Pascal B. war der Einzige, der ihr die Last abnehmen konnte, die sie trug, und niemals hätte sie sich vorstellen können, dass er es tatsächlich täte. Seine Güte war unfassbar groß, ein wenig rau und schambehaftet, ja gewiss, aber unfassbar groß. Seine Wutausbrüche wehrten nie besonders lang, sie hätte es wissen müssen. 1979, als er dem Touristen, der seinen Kaffee verschüttete, jene Tracht Prügel versetzt hatte, war er bereits am nächsten Tag allein wieder hinunter in die Stadt gefahren, um sein Opfer zu suchen und ihm seine Entschuldigung anzubieten. Er hatte dies niemandem gegenüber zugegeben, selbst seinen engsten Freunden nicht, denen es äußerst schwerfiel, Güte von Schwäche zu unterscheiden, und er hatte Jahre gebraucht, bis er ihr, Antonia, und nur ihr allein, erzählte, wie intensiv er einen ganzen Nachmittag lang die Stadt kreuz und quer abgesucht und dabei die Strände, die Eisdielen und all jene Orte durchkämmt hatte, die diese idiotischen Touristen für gewöhnlich schätzen, was jedoch vergeblich gewesen war, da der Typ unauffindbar blieb und sich möglicherweise in die hinterste Ecke eines Campingplatzes verkrochen haben mochte, von wo er sich wohl erst wieder am Tag seiner Abreise aus den Ferien herauswagen sollte, und Pascal B. war schon drauf und dran gewesen aufzugeben, als er ihn plötzlich aus der Segelschule treten sah, woraufhin er nach ihm gerufen und heftig gestikuliert hatte und schließlich auf ihn zugelaufen war, was wahrscheinlich keine gute Idee gewesen ist, da der andere, dem fraglichen Sinn dieses lobenswerten Anfall von Reue nicht trauend, seinerseits derartig schnell zu rennen begonnen hatte, dass es unmöglich gewesen war, ihn einzuholen. Ja sicher, Pascal B. war ein leicht aufbrausender Charakter, kaum dass er wieder zu Atem gekommen war, hatte er schon wieder auf den Touristen geschimpft, dessen Undankbarkeit ihm nicht erlaubt hatte, Abbitte zu leisten, und der also, um jene Wortwahl zu zitieren, die Antonia sehr genau erinnerte, doch abzischen sollte, um sich direkt in den Arsch ficken zu lassen. Abgesehen von ihrem enttäuschenden Ende, besagte diese Geschichte doch viel über die Gutherzigkeit von Pascal B.

Antonia bedauerte es, ihn verlassen zu haben. Sie war kurz davor, ihm zu antworten, dass sie dumm gewesen sei, dass sie bei ihm bleiben wollte. Kraftlos ließ sie sich ins All abgleiten und kam dem fernen Planeten gefährlich nah, bis sie die äußerste Grenze seines Gravitationsfeldes erreichte. Sie malte sich die Rückkehr von Pascal B. aus, die Wärme ihrer Umarmungen, den Morgen des erstens Erwachens, wie sie in zerknitterten Laken an ihrer Seite seine Anwesenheit spüren würde. Sie verharrte in dieser Vorstellung, malte sich die Einzelheiten noch genauer aus, bis die Klarheit stark genug war, den Charme der Täuschung zerplatzen zu lassen. Antonia würde die Augen aufschlagen, er wär da, doch sie, alle Trunkenheit der Wiederannäherung einmal verdunstet, würde an diesem Morgen verstehen, dass sie soeben wieder in jene Falle getappt wäre, aus der zu entkommen ihr so schwergefallen war, und dass alles wieder von vorn beginnen würde, nicht so, wie sie es sich eben erst ausgemalt hatte, sondern genau so wie zuvor, mit derselben schonungslosen, toxischen und furchtbar wirklichen Trägheit. Sie würde ihm Kaffee kochen, sie wäre plötzlich in der Zeit zurückgeworfen und würde in ihrer Angst versinken wie in Treibsand.

Das durfte auf keinen Fall geschehen. Auf keinen Fall. Sollte sie ihn wiedersehen, müsste sie ihm widerstehen, sich selbst misstrauen, nicht auf irgendeine wankelmütige Hellsichtigkeit zählen. Nein, es war sonnenklar, sie konnte auf sich selbst nicht zählen. Ihre noch so festen Beschlüsse würden doch nie etwas anderes sein als die unbeständige Inkonsistenz von Gedanken. Etwas Drittes wäre vonnöten, aber sie wusste nicht was.

Noch am selben Abend ließ sie in einer am Hafen gelegenen Piano-Bar, in die sie sich von Kollegen aus der Redaktion hatte mitschleifen lassen, die Annäherungsversuche eines Typen zu, der noch nie von Pascal B. gehört hatte. Er nahm sie mit zu sich. Sie war neugierig darauf, endlich einmal die Haut eines anderen Mannes zu berühren. Es war enttäuschend genug. Als sie sich wieder ankleidete, bat er sie, doch bei ihm zu schlafen. Ganz gewiss nicht, antwortete sie. Zwei Wochen später, als sie zurück ins Dorf kam, wurde sie von allen schüchtern begrüßt. Ganz offensichtlich hatte Pascal B. vom Gefängnis aus Anweisungen erteilt, die niemand infrage zu stellen erwog. Madeleine, in Gefolgschaft von Lætitia, suchte sie auf der Barterrasse auf und wirkte beschämt.

Hör mal Antonia, wirklich, es tut mir ...

Antonia, großmütig, ersparte ihr die Erniedrigung der Entschuldigung.

Lasst uns von was anderem sprechen. Setzt euch.

Sie setzten sich, aber niemand sprach. Antonia spürte deutlich, dass etwas für immer zerbrochen war. In einem gewissen Sinne bedauerte sie Madeleine, da diese ihre Gefühle nur aus Konformismus oder weil es verlangt wurde, zeigen konnte, vor allem aber verachtete sie sie aus ganzem Herzen. Was nicht schlimm war. Letztendlich zog man ja seine Freunde nicht unbedingt der Familie vor. Das Auftauchen von Simon, den die allgemeine Versöhnung euphorisch stimmte, entspannte die Atmosphäre ein wenig. Sie bestellten etwas zu trinken. Madeleine und Lætitia wurden wieder ganz liebevoll, und dies mit einer Aufrichtigkeit, die umso erbärmlicher war, als dass sie nicht in Zweifel gezogen werden konnte. Antonia wäre es lieber gewesen, sie hätten weiterhin geheuchelt. Simon verkündete, dass er in einigen Tagen nach Ajaccio müsse, und schlug Antonia mit gleichgültiger Miene vor, doch die Gelegenheit zu nutzen, um gemeinsam ein Gläschen zu trinken.

Sie dachte genau darüber nach.

Die Lösung ihres Problems war in diesem Augenblick zum Greifen nah. Kein nebelhafter Gedanke, sondern eine schlichte, unverzeihliche, endgültige Handlung. Sie musste mit Simon schlafen. Ein einziges Mal würde reichen. Sollte ihr dies gelingen, würde sie eine unüberwindbare Mauer zwischen sich und Pascal B. errichten. Sie müsste es ihm nicht einmal mitteilen und riskieren, ihn unsagbar zu verletzten und aus ihrem Leben vollständig verschwinden zu sehen, was sie am meisten befürchtete, es würde ihr genügen zu wissen, was sie getan hatte, um jeder noch so großen Versuchung widerstehen zu können, sie müsste tatsächlich nicht einmal mehr widerstehen: Jeder Schritt zurück wäre objektiv unmöglich geworden. Und Simon, er würde ihm natürlich auch nichts sagen. Blieb also nur noch, den Hauptbetroffenen zu überzeugen – was, in Antonia Augen, keine unüberwindlichen Schwierigkeiten darstellen sollte, war doch der Ausgang des Kampfes zwischen Begehren und Loyalität meist von vornherein klar.

Das ist eine gute Idee. Ruf mich an, wenn du in Ajaccio bist, sagte sie an Simon gewandt.

Und natürlich rief er an. Sie aßen gemeinsam zu Abend, und Antonia führte ihn in einen Nachtclub, wo das Risiko, auf militante Nationalisten zu stoßen, die auf der Suche nach weiterzutragenden Gerüchten waren, vernachlässigbar war. Um drei Uhr früh begleitete Simon sie nach Hause.

Willst du mit hoch auf ein Glas?

Er wirkte verblüfft.

Was?

Willst du auf ein Glas mit hoch?, musste sie wiederholen.

Lieber nicht, sagte er.

Warum? Was soll daran schlecht sein? Wir sind doch Freunde?

Dem stimmte er zu und zeigte dabei alle Zeichen höchster Befangenheit. Sie fasste ihn am Arm.

Na also, wenn wir Freunde sind, komm hoch auf ein Glas, ich bin nicht müde, und ich will nicht allein noch was trinken.

Vielleicht gelang es Simon ja, da er die Treppen hochstieg, sich davon zu überzeugen, dass sie die Wahrheit sagte, dass sie schlicht und einfach zusammen mit einem Freund noch ein Gläschen trinken wollte und dass sie ihn nicht absichtlich in die Lage manövrierte, eine Niederträchtigkeit zu begehen, aber kaum dass sie die Türschwelle übertreten hatten, gab sie die Täuschung auf und warf sich ihm in die Arme. Die entsetzte Spontaneität, mit der er sie zurückstieß, verletzte sie furchtbar. Also doch, also konnte Loyalität doch stärker sein als Begehren. Das passiert eigentlich so gut wie nie, dachte Antonia, das ist allgemein bekannt, aber mir, mir muss das passieren, weil ich die Frau von Pascal B. bin, ja, dass man sie begehrte, das lag an Pascal B., und dass man sie zurückstieß, das lag ebenfalls an Pascal B., sie fühlte sich erniedrigt und war wutentbrannt, der Plan, den sie sich zurechtgelegt hatte, er war ihr völlig aus dem Bewusstsein entglitten, sie vergaß, dass sie Simon ohne Pascal B. niemals mit zu sich nach oben genommen hätte, zum ersten Mal in ihrem Leben dachte sie mit einer Art Hass an denjenigen, der in ihrem Leben auf so umfassende Weise Platz eingenommen hatte und noch immer einnahm, dass sie selbst unsichtbar wurde, warum?, fragte sie Simon, warum? Hast du keine Lust?, und da sie diese Frage stellte, wurde ihr bewusst, wie groß ihre eigene Lust war, aber Simon wich zur Tür zurück, er zitterte, er schüttelte den Kopf, natürlich habe ich Lust, aber ich kann das unmöglich tun, mein Gott, du weißt genau, dass ich das nicht kann, warum?, schrie Antonia, sie packte ihn an den Schultern, ließ die Hände entlang seines Nackens bis hoch zum Gesicht gleiten, ich habe zu viel getrunken, dachte sie, aber sie wollte, dass er sie anblickte und dass sich sämtliche Schatten, die Pascal B. in dieses Zimmer warf, auflösen mochten, damit Simon sie sähe, sie, sie allein, das war alles, was sie wollte, und am Ende dann sah er sie. Am nächsten Morgen, als sie aufwachte, lag Simon in fetaler Position neben ihr und weinte wie ein Kind. Sie versuchte, ihn zu trösten, zog ihn an sich, bedeckte seine Stirn, seine Schultern, seine Wange mit Küssen, sie wollte keusch sein und teilnahmsvoll, aber in ihr bebte noch immer die unbekannte Lust, die ihr in der Nacht Leib und Seele verzaubert hatte, und je länger sie Simon küsste, umso erregender, drängender und schwerer wurden ihre Küsse. Sie sorgte dafür, dass er auf den Rücken kippte, und klettere auf ihn, und als er die Arme erneut um sie schloss, da waren seine Augen zwar noch immer feucht, doch er weinte nicht mehr. Sie blieben den ganzen Morgen über im Bett. Simon ging sich dann duschen. Als er aus dem Bad zurückkam, zündete Antonia, splitterfasernackt, Weihrauch und eine Kerze an. Er fand sie so schön. Sie lächelte ihn an, über die Flamme hinweg, die voller Anmut tänzelte, so, wie auch heute die der Altarkerze tänzelt, obwohl sie kein einziges Lächeln erhellt. Simon kann diese Flamme noch so sehr mit aller Kraft anstarren, Antonias Gesicht will nicht erscheinen. Ihr Herz quoll eben nicht über vor lauter Liebe. Das war einfach nicht wahr, auch wenn ihr Pate sich regelrecht abmühte, es zu glauben. Es quoll auf jeden Fall nicht vor lauter Liebe zu Simon über. Seit jener im April 1989 gemeinsam verbrachten Nacht hörte sie nicht auf, ihn wie Dreck zu behandeln. An jenem Tag war er in einer Art Trancezustand zurück ins Dorf gegangen, in dem sich reinste Glückseligkeit mit dem Schmerz unerträglich schlechten Gewissens vermengte. Sein Verrat zerriss ihn, er wog zu schwer für ihn, so schwer, dass die Liebe selbst ihn nicht loszukaufen vermochte. Aber die Liebe konnte zumindest eine Erklärung liefern, denn es handelte sich bestimmt um Liebe, und er war sich gewiss, dass er Antonia bald schon wiedersehen würde. Er wartete, dass sie ihn anriefe, doch sie rief nicht an. Als er, schon längst nicht mehr daran glaubend, an sein Telefon ging, antwortete sie ihm mit fröhlicher Stimme, als wäre nichts geschehen. Er hatte den Eindruck, in den Abgrund zu kippen. Da war keine Liebe, nicht die geringste Spur davon. Er hatte all das, was ihm am teuersten war, für etwas eingetauscht, was nichts anderes war als eine Sexgeschichte. Diese Vorstellung war unerträglich. Er konnte sich in keinem Spiegel mehr anblicken. Er wachte mitten in der Nacht auf, weil er sich in die eigene Faust verbissen hatte. Er hörte auf, Antonia anzurufen. Er traf sie zufällig im Dorf. Sie erwies ihm nicht einmal die Ehre, sich in seiner Gegenwart unwohl zu fühlen. Er hätte wähnen können, dass er all dies nur geträumt habe, wäre das möglich gewesen, er hätte es mit unendlicher Erleichterung geglaubt. Im Juni hatte sie ihn gebeten, sie in Ajaccio zu treffen. Er glaubte, dass sie ihm alles erklären würde, als Erklärung aber warf sie sich ihm erneut mit einer solchen Leidenschaft an den Hals, dass er ein weiteres Mal nachgab. Ich habe dich so sehr vermisst, sagte sie, wenn du nur wüsstest, und sie zog ihn aus, sie hielt ihn davon ab zu schlafen, und dann legte sie ihre Hände auf sein Gesicht, und er fühlte, wie ihre Fingerkuppen ganz sanft seine Lider streichelten. Den Sommer über gab sie kein einziges Lebenszeichen mehr von sich. Das war nicht nachvollziehbar. Und dann, Ende September, rief sie wieder an. Die nationale Bewegung war von einem Aufruhr ergriffen, der zu ihrer ersten Spaltung führen sollte. Simon verbrachte seine Zeit mit politischen Versammlungen. Er traf sie dennoch. Dieses Mal fragte er sie: Warum tust du mir das an? Sie wirkte, als täte es ihr aufrichtig leid. Du weißt, dass ich dich sehr liebe, Simon, das weißt du doch? Nein, er wusste es nicht. Seine Mutter dürfte, als Antonias Pate sie wie ein krankes Vieh verließ, um in den Dienst eines Gottes einzutreten, der nicht einmal existierte, auch nicht gewusst haben, was die Mitglieder dieser Familie unter dem Begriff »lieben« genau verstanden, auch wenn dieser durch irgendein Adverb nuanciert gewesen sein mochte. Ich wünschte, nichts von alldem wäre geschehen, sagte er zu ihr; aber das war nicht wahr, es ist, selbst heute noch, nicht wahr, trotz allen Schmerzes, trotz aller Vergeudung, trotz des Verrats und der Furcht, entdeckt zu werden, und er sieht sich noch einmal, wie er, zitternd wie Espenlaub, Pascal B. empfängt, der 1990 aus dem Gefängnis entlassen wurde, kurz vor dem Zerbrechen der Bewegung, der er sein Leben gewidmet hatte, er sieht sich noch einmal, wie er prüfenden Blicks das Gesicht von Pascal abtastet, der ihn anlächelt und an sich drückt, oh, mein Simon!, er sieht sich noch einmal, wie er sich am Straßenrand erbricht, und er sieht sich noch einmal, weniger als zwei Wochen später, das Gesicht vergraben zwischen Antonias Beinen, mit derselben verzweifelten Gier wie Judas, der dreißig Silberlinge erhält, um sie bald darauf am Fuße des Baumes zu verstreuen, an dem er sich erhängen wird. Er hat sich nicht erhängt. Sein Verrat brannte weiter in ihm wie ein Geschwür. Und dann, eines Tages im Jahr 1991, nach Monaten sinnloser Versammlungen, als Freundschaften in unstillbaren Hass umgeschlagen waren, nach Beleidigungen und Morddrohungen, die sich rasende Militante aufrecht stehend auf ihren Stühlen gegenseitig an den Kopf geworfen haben, während Antonia den Krieg in Jugoslawien fotografierte, sagte Pascal B. zu Simon, all das wird böse enden, es wird furchtbar sein, und wir werden auch das zusammen erleben müssen. Seine Augen verloren sich im Leeren. Eine weitere Sache, die wir miteinander teilen werden. Aber wir haben ja schon viel miteinander geteilt, nicht wahr? Und seine Augen drangen tief genug in die von Simon ein, um bei dem, was er sagen wollte, keinen Hauch Zweideutigkeit zurückzulassen, und sie drangen hinab bis in sein Herz, das zerschmolz, und dann klärte sich Pascal B.s steinernes Gesicht mit einem Lächeln auf. Gott wusste, warum, er wusste Bescheid, und Simon hatte soeben die denkbar eleganteste Absolution erhalten, auf die er nur mit Schweigen reagieren konnte. Oh, mein Simon, murmelte Pascal und wandte endlich seinen Blick ab. Antonia rief ihn weiterhin an, nach langen Phasen des Schweigens, grundlos, schonungslos. Als sie ihm 1993 ihre Entscheidung mitteilte, abtreiben zu wollen, protestierte er, er sei damit nicht einverstanden, sie müssten das besprechen, aber sie antwortete ihm, dass ihn dies nichts anginge, und er sagte zu ihr, dass sie nicht länger für ihn existiere und er sie nicht mehr sehen wolle. Aber natürlich hatte er sie weiterhin getroffen. Er tauchte in sie ein wie in die Wasser der Auferstehung. Wäre sie nicht gestorben, er hätte niemals aufgehört, sie weiterhin zu treffen. Ohne je irgendetwas zu begreifen. Er ist, im November 1989, noch immer bei ihr. Die erste Abspaltung, von der damals niemand ahnte, dass sie bereits eine zweite ankündigte, hatte sich einen Monat zuvor vollzogen. Er beklagt sich darüber bei Antonia. Sie steht auf, splitterfasernackt, erhellt von den Flammen der Kerzen, und ihm raubt dies noch immer den Atem. Warte, sagt sie. Sie wühlt in einer Schublade und kommt zurück und setzt sich im Schneidersitz neben ihn.

Seit einem Monat kümmere ich mich darum. Das hier, das sind die Fotos der Generalversammlung zur Gründung einer neuen Bewegung. Siehst du, ich war dabei.

Simon betrachtet die Fotos, auf denen er seine alten Freunde wiedererkennt. Sie reicht ihm ein anderes.

Das hier ist Berlin, vor einer Woche.

Ein Stück der Mauer war herausgebrochen und nach vorne gekippt worden. Durch die Öffnung hindurch erkennt man drei junge Grenzsoldaten, die äußerst aufrecht auf der Ostseite stehen. Das Foto von Gérard M. ist von Westen her aufgenommen, wo es in einer ungeheuren Menschenmenge gärt, in deren Mitte man Dutzende Fotoapparate und Cobra-Blitz-Diffuser sich erheben sieht. Die jungen Grenzsoldaten sind furchtbar allein hinter dem Mauerstück, das da kippt. Sie wirken nicht glücklich, nur gefasst und kleingläubig.

Siehst du, Simon?

Simon nickt zustimmend.

Da kannst du mal sehen, was im Augenblick in der Welt geschieht. Abseits eurer kleinen Schulhofstreitigkeiten, meine ich. Dieses Foto, du ahnst es vielleicht, habe ganz offensichtlich nicht ich gemacht. Ich, ich fotografiere beschissene Generalversammlungen mit fünfzig Typen, die in einem versifften Partyraum eine politische Partei gründen, die der ganzen Welt am Arsch vorbeigeht, und die dann noch behaupten, das wäre historisch.

Ein weiteres Mal verhält sie sich ihm gegenüber regelrecht niederträchtig, vielleicht aber vor allem auch sich selbst gegenüber. Es ist das erste Mal, dass sie in seiner Anwesenheit ein Thema anspricht, das ihr am Herzen liegt, selbst wenn Simon das nicht weiß. Er erinnert sich nur, wie sie, splitterfasernackt, das Foto vor seiner Nase hin und her wedelt und wie die Kerze auf dem Nachttisch brennt. Er erinnert sich, wie lebendig sie gewesen ist. Wenn er die Hand ausstreckt, wird er ihr Fleisch berühren, und nicht das Holz des Sarges. Von allen Gesängen der Messe ist das *Sanctus* der einzige, dessen Worte keine Veränderung erfahren haben, da es hier nicht um die Menschen geht, um ihre Geburt oder ihren Tod, sondern einzig um den Herrn, den Gott der Heerscharen. *Erfüllt sind Himmel und Erde von Deiner Herrlichkeit* – das zärtliche Streicheln der Fingerspitzen auf den Lidern, die Kuppe des Zeigefingers. Simon sieht die Flamme der Altarkerze tänzeln, er späht noch immer nach Antonias Lächeln und schließt die Augen. In der heute gesungenen Messe, wie sie im Laufe von Jahrhunderten in einem winzigen Dorf im Zentrum von Korsika Gestalt angenommen hat, sind nicht nur die Worte, sondern auch die Melodie des *Sanctus* so unveränderlich, dass man, hört man geschlossenen Auges zu, nicht sagen könnte, ob der Gottesdienst, an dem man teilnimmt, den Toten oder den Lebenden gilt.

9

# *Pater noster*

(PRESSEKONFERENZ DER FLNC, TAVERA, 1990)

Im August 1990, als die irakischen Truppen in Kuwait einmarschierten und Jugoslawien bereits den langsamen Prozess seiner blutigen Auflösung einleitete, begab Antonia sich an den Ort eines Attentats, gut fünfzig Kilometer südlich von Ajaccio. Eine Badeanlage war mit Plastiksprengstoff in die Luft gejagt worden, wobei einige Ladungen nicht gezündet hatten, weshalb mehrere Gebäude intakt geblieben waren. Eines davon war noch mit den Ankündigungen versehen, die von den Kommandos der FLNC in Großbuchstaben angebracht worden waren, um etwaige unvorsichtige Badende über die drohende Explosion in Kenntnis zu setzen. An einer Mauer hatte sich ein Militanter mit kreativem Humor die Zeit genommen, das Kürzel der Untergrundorganisation mit einer großen kindlichen Blume und einer vollkommen runden Bombe, die von einer Rauchfahne überragt wurde, einzurahmen. Genau darunter hatte er geschrieben, und somit zugleich den Beweis geliefert, dass er für Rechtschreibung ebenso wenig Talent besaß wie für die bildenden Künste: VERMIENT GEFAHR! Die barmherzige Hypothese eines Flüchtigkeitsfehlers kam leider nicht in Betracht, da man die gleiche Aufschrift an mehreren Stellen in derselben abwegigen Schreibweise antraf. Antonia fotografierte die so geschmückte Mauer mit dem aufgehäuften Schutt im Hintergrund.

Am nächsten Tag war das Foto auf der Titelseite der Tageszeitung.

Einige Stunden nach dem Erscheinen erhielt Antonia einen Anruf von Pascal B.

Ich muss dich sehen. Ich bin in der Bar, gleich unten, ich warte auf dich.

Kaum war sie zu ihm gestoßen, beklagte er sich auch schon bei ihr. Er verdächtigte sie, absichtlich boshaft zu sein. Gab es denn nichts anderes zu fotografieren? War ihr denn nicht klar, dass sie sie damit nicht nur als geistig Zurückgebliebene, sondern auch noch als Analphabeten hinstellte?

Keine Ahnung, ob der Typ, der das geschrieben hat, geistig zurückgeblieben ist, ganz bestimmt aber ist er ein Analphabet, und dafür kann ich rein gar nichts.

Sie fügte hinzu, dass der Chef des Kommandos, wer dies auch immer gewesen sein mochte, sich herzlich schlecht beraten zeigte, wenn er eine redaktionelle Arbeit, selbst in dieser Kürze, dem fraglichen Analphabeten anvertraut hatte.

Die Mauern hätten eigentlich gar nicht stehen bleiben dürfen!, protestierte Pascal B. Was soll ich dazu sagen? Und außerdem ist ja wohl jeder Idiot imstande, irgendwo ein Graffiti hinzukritzeln, oder etwa nicht? Da braucht man wohl niemanden 'nen Eignungstest machen lassen!

Und die Blume?, fragte Antonia.

Ich hab' nicht wirklich aufgepasst, gestand Pascal. Ich hatte anderes im Kopf. Und außerdem, ich sag's noch mal, so 'ne Mauer, die gibt's danach normalerweise nicht mehr. Aber dieser Vollidiot Xavier, der hat sich was anhören dürfen, das kannst du mir glauben!

Antonia begann zu lachen. Pascal lachte nicht. Das war alles andere als lustig. Sie machte sich das gar nicht klar. Die Stimmung war hundsmiserabel. Man steuerte auf eine riesige Abspaltung zu, viel schlimmer noch als die vorherige. Weiß Gott, wie das enden würde. Klar, an alldem was das andere Lager schuld, eine Bande von Heuchlern, Denunzianten, Feiglingen, die zu allem bereit waren, und die genau jetzt das Geschenk feiern durften, das ihnen Antonia gemacht hatte, und das nur um so mehr, präzisierte Pascal B., als üblicherweise die die Mongos sind, die! Oh, Xavier, dieser Depp! Ich hätte ihn verdreschen sollen, ehrlich!

Pascal wirkte erschöpft. Ringe hatten sich unter seine roten Augen gegraben. Er tat Antonia leid. Nichts von dem, was er fühlte, ließ sie gleichgültig.

Hast du von alldem nicht die Nase voll, Pascal?

Ja, sagte er, hab' ich. Aber was, sag mir, was soll ich machen? Ich kann diese Dreckskerle ja nicht so einfach zwanzig Jahre Kampf hinschmeißen lassen.

Antonia musste unwillkürlich denken, dass im selben Augenblick im anderen Lager jemand, dessen Augen ebensolche Ringe aufweisen durften wie die von Pascal, genau dasselbe denken musste. Es war absurd. Aber sie sagte nichts.

Und, du? Geht's dir gut?, fragte er.

Ja, sagte sie, und es war gelogen.

In dem Gebet, das Christus die Apostel selbst lehrte, heißt es: *Vergib uns unsere Schuld, wie auch wir vergeben unseren Schuldigern.* Der Satz im griechischen Original, den der Text der Liturgie auf Latein bewahrt, müsste jedoch wie folgt übersetzt werden: *Erlasse uns unsere Schulden, wie auch wir sie erlassen unseren Schuldnern.* Diese offenkundige Verzerrung erklärt sich vielleicht aus der Abscheu, die uns das Bild eines Gottes einflößt, der sich schnöder Buchhaltung hingibt. Es ist im Grunde aber unwichtig. Denn die Menschen, die dieses Gebet sprechen, behandeln Beleidigungen wie Schulden. Sie erlassen die einen so wenig, wie sie die anderen vergeben. Zu dem Zeitpunkt, da sich Antonia mit Pascal B. unterhielt, notierten die beiden Lager der nationalistischen Bewegung in ihre Rechnungsbücher jede Beleidigung, jedes Vergehen, jede unverschämte Äußerung, jede Androhung, die allesamt darauf warteten, eines Tages samt entsprechendem Zins und in blutiger Münze beglichen zu werden.

Im Oktober 1990 ließ die FLNC die Medien über ihren gewöhnlichen Aktionskanal wissen, dass sie eine Pressekonferenz geben würde. Sie fand in der Nähe des Dorfes Tavera statt. In dem Kastenwagen, der sie gemeinsam mit anderen Journalisten dorthin brachte, richtete niemand das Wort an Antonia. Dort angekommen, war sie von der außergewöhnlich hohen Anzahl der anwesenden Militanten überrascht. Die Untergrundbewegung schien vollzählig zu sein. Die Jeanshosen, Drilliche und Leinenmasken, die den einstigen Pressekonferenzen den Anstrich ländlicher Romantik verliehen hatten, waren verschwunden. Sie waren ersetzt worden durch schwarze mit Reißverschlüssen versehene Overalls sowie Motoradmasken, die glatte Reptiliengesichter mit fluoreszierenden Augen zu verbergen schienen. Antonia ließ sich in der Nähe der Aufnahmekamera des Fernsehteams nieder. Sie wartete darauf, dass einer der Sprecher der Organisation, der in der ersten Reihe hinter einem Tisch saß, mit der Verlesung des Kommuniqués beginnen würde. In der dritten Reihe, ganz hinten und ihr beinahe genau gegenüber, machte ein Militanter merkwürdige Handzeichen, als wollte er sie grüßen. Sie schaute ihn aufmerksam an, und wieder gab er Zeichen mit der Hand. Sie dachte zunächst an Simon T., aber die Silhouette glich nicht der seinen. Sie machte Fotos, während der Sprecher mit schöner, tiefer Stimme, die zu verstellen er sich keine Mühe gab, seinen Text verlas. Als das vorbei war, richtete sie ihren Blick wieder auf den Militanten und beobachtete ihn aufmerksam. Er trug ein Jagdgewehr und, offen über seinem Overall, eine Faustfeuerwaffe, die ohne Halfter in seinem Gürtel steckte. Antonia erkannte das Modell wieder. Es handelte sich um eine Parabellum Luger P08, identisch mit jener, die ihr Urgroßvater 1919 bei seiner Rückkehr aus der Gefangenschaft aus Deutschland mitgebracht hatte, eine Antiquität, die in einem Wandschrank gemeinsam mit Mottenpulver unter einem Stapel Bettwäsche aufbewahrt wurde. Dass irgendein Militanter ebenfalls ein solches Schießeisen besaß, war zwar nicht ausgeschlossen, aber doch äußerst fragwürdig, vor allem, da der besagte Militante sich mit seinem pathetischen Grußgebaren weiterhin an Antonia wandte. Sie musste also akzeptieren, dass der da, wenige Meter vor ihr und eingezwängt in seinen Ninja-Overall, niemand anderes sein konnte als ihr Bruder Marc-Aurèle.

Oh, dieses Schwein!, dachte sie, und Marc-Aurèle war nicht der Gegenstand ihres Zorns.

Am nächsten Tag bei Morgengrauen sprang sie in ihren Wagen und fuhr auf der Suche nach Pascal B. Richtung Dorf. Sie fand ihn im Bett, was nicht weiter erstaunlich war: Tavera lag zwei Autostunden entfernt, und er musste spät schlafen gegangen sein.

Du hast meinen Bruder angeworben!, brüllte Antonia. Dazu hattest du einfach kein Recht!

Pascal B. war noch zu verschlafen, um Antonias Wut schlagkräftig parieren zu können. Er versuchte nicht zu leugnen, sondern führte zu seiner Verteidigung an, dass er nur auf Marc-Aurèles wiederholte Bitten hin nachgegeben habe. Das Argument hatte nicht die erhoffte Wirkung. Nun, er hätte eben genau nicht nachgeben dürfen. Würde er etwa bei allen jungen Leuten nachgeben, die sich, wie Marc-Aurèle, von dieser ganzen lächerlichen Mythologie verführen ließen, ohne auch nur die geringste Vorstellung davon zu haben, was sie tatsächlich bedeutete? Sie stellte ihn auf die Probe: Er möge ihr nur eine Eigenschaft nennen, eine einzige Eigenschaft von Marc-Aurèle, die seine Rekrutierung zwingend gemacht hätte! Hatte er eine Kommando-Ausbildung? War er ein kluger politischer Denker? Ein Feuerwerksspezialist? Ein Mörder? Was?, schrie sie. Was?

Jetzt reg dich doch nicht so auf!, versuchte Pascal, sie zu beruhigen, während er sich anzog. Marc-Aurèle kann nichts passieren!

Ihm kann nichts passieren? Du hast mir doch selbst gesagt, dass die Situation gefährlich geworden ist! Du hast mir selbst gesagt, dass das böse enden wird! Und wenn man ihn ins Gefängnis steckt? Marc-Aurèle, der ist nicht wie du. Der ist sanft. Schwach. Der würde das Gefängnis niemals ertragen – und da, als sie sich ihren Bruder vorstellte, wie er auf einer Pritsche saß, während in den Fluren das heftige Echo der Schlösser widerhallte, die man einrasten ließ, und dann das Klirren der Schlüssel, da begann sie zu weinen.

Pascal B. seufzte, er zögerte einen Moment lang, und sagte, nachdem er sie gezwungen hatte, sich zu setzen: Hör zu, wirklich, ihm wird nichts passieren. Ich werde dir erklären, warum. Aber du musst mir versprechen, nichts weiterzuerzählen.

Habe ich etwa schon mal irgendwas weitererzählt? Ich weiß genug Zeugs, zu viel sogar, Zeugs, das ich gar nicht wissen dürfte, Zeugs, das ich lieber gar nicht wissen würde, aber ich erzähle nichts weiter.

Er erklärte ihr, dass das eigentliche Ziel der Pressekonferenz darin bestanden habe, aus der Bewegung die gesamte Gruppe ihrer Feinde auszuschließen: diejenigen Zweige der FLNC, die diese kontrollierten, seien nicht informiert worden. Sie würden im Übrigen nicht über den gewöhnlichen Aktionskanal verfügen. Sie würden von der Veranstaltung der Pressekonferenz aus den Zeitungen erfahren, noch am selben Morgen. Und, ja klar, wegen deren Abwesenheit sei es notwendig gewesen, die Reihen aufzublasen und eine ganze Menge Leute anzuwerben. Um viele zu sein. Marc-Aurèle habe eine Statistenrolle gespielt, das habe ihm Spaß gemacht und habe der Bewegung genutzt, aber er würde niemals etwas anderes machen, Pascal B. gab ihr sein Wort darauf, er würde an keinem einzigen Attentat teilnehmen, er würde niemals die Revolutionssteuer eintreiben, man würde ihn von Zeit zu Zeit zu einer kleinen Zusammenkunft im Maquis einladen, und das sei auch schon alles. Antonia müsse sich wirklich keine Sorgen machen.

Weiß mein Bruder das alles? Weiß er, warum du zugelassen hast, dass er dabei sein sollte?

Nein, natürlich nicht, gab Pascal B. mit abgewandtem Blick zu.

Das ist widerlich. Nichts, worauf du stolz sein könntest.

Du bist wohl nie zufrieden, was?, stellte Pascal B. leise fest.

Antonia antwortete ihm nicht. Sie fuhr zu ihren Eltern. Marc-Aurèle saß am Frühstückstisch. Sie schloss ihn inniglich in ihre Arme. Gib acht auf dich. Er war achtzehn Jahre alt, und er war überglücklich. Hast du mich gesehen? Antonia schloss ihn noch inniglicher in ihre Arme. Ja, ich habe dich gesehen. Gib gut acht auf dich.

Einige Wochen später hielten die ausgeschlossenen Militanten ihre eigene Pressekonferenz in Tralonca ab. Die Medien wurden dieses Mal über den Umweg des historischen Aktionskanals zusammengerufen. Offenbar bestand dieser Zweig der FLNC, der sich ebenfalls als einzig rechtsgültiger darstellte, aus sehr viel mehr Militanten als sein konkurrierender Zweig. Antonia begriff, dass eine andere illegale Rekrutierungskampagne dergestalt stattgefunden haben musste, dass sich durch das Wunder einer noch übernatürlicheren Mathematik als derjenigen, die die unendlichen Mengen bestimmte, die Stärken bei einer Teilung durch zwei mehr als verdoppelt hatten.

Tag für Tag verschlimmerte sich die Situation.

Ende November kamen die Partisanen des gewöhnlichen Kanals zahlreich und bis an die Zähne bewaffnet nach Bastia. Sie wollten, um es nach Ajaccio zu transportieren, sämtliches Material wegschaffen, das der Herstellung der nationalistischen Zeitung diente und das die Partisanen des historischen Kanals begehrten, sämtliche Computer, die Druckplattenbelichter, bis hin zum Mobiliar des Büros. Über eine Stunde agierten die beiden Gruppen in der Nacht, die Waffen griffbereit, mitten im Zentrum der Stadt.

Gegen ein Uhr früh klingelte bei Antonia das Telefon. Es war Simon T. Antonia dachte zunächst, etwas Schreckliches wäre geschehen. Er rief sonst nie an. Für gewöhnlich wartete er darauf, dass sie sich meldete.

Simon, geht's dir gut? Sag mir, dass alles in Ordnung ist!

Es ging ihm gut. Er entschuldigte sich. Er kam aus Bastia. Er wollte mit jemandem sprechen, nein, er wollte mir ihr sprechen, und nur mit ihr. Ob er vorbeikommen könne? Sie antwortete, dass sie auf ihn warten werde. Er kam zehn Minuten später an. Er sah entsetzlich aus. Er legte seinen Colt 45 auf den Tisch, nachdem er das Magazin entfernt und die Kugel herausgenommen hatte, die sich im Lauf befand. Er berichtete ihr, was sich in Bastia abgespielt hatte. Er hatte das Gefühl, nach Monaten des unmerklichen, doch kontinuierlichen Fallens in einen Abgrund nun dessen Boden berührt zu haben. Als sie aus ganz Korsika vor Ort eingetroffen waren, hatten sie die Verbündeten aus Bastia, die sie zu Hilfe gerufen hatten, verbarrikadiert in den Büroräumen der Zeitung vorgefunden. Die Militanten der anderen Seite hatten sie belagert. Aber wir waren mehr Leute als die, sagte Simon, weitaus mehr. Das sei surreal gewesen. Er habe gemeinsam mit Jean-Joseph C. an einer Straßenecke gestanden, die Knarre in der Hand, die Kugel im Lauf, und da sei eine Alte vorbeigekommen und habe sie für Bullen gehalten. Warum hätte sie auch glauben sollen, dass die Polizei nicht eingegriffen hätte? Jean-Joseph habe ihr versichert, er wäre tatsächlich Polizeiinspektor, unterstrich er, ja, sogar leitender Inspektor. Wir haben die Situation gut unter Kontrolle, Madame. Wir werden all diese Gauner schon wieder ruhigstellen, Sie können unbesorgt sein. Und die Alte sei zu sich nach Hause gegangen, nicht ohne diesem braven jungen Mann ein Lächeln der Dankbarkeit und einen kleinen mütterlichen Klaps auf die Wange zuteilwerden zu lassen. Wir fingen an, unsere Waffen zu laden, fuhr Simon fort. Die anderen standen die ganze Zeit auf dem Bürgersteig. Keiner von ihnen rührte sich. Irgendwer rief ihnen dann zu, dass, wer auch nur einen Schritt wage, ’ne Kugel in den Kopf abbekäme. Wir haben sie aufs Übelste beschimpft. Was hätten die auch tun sollen? Und mir hat das auch noch Spaß gemacht. Stark zu sein, tut ja immer gut. Aber jetzt, jetzt habe ich Lust zu kotzen. Antonia dachte ein weiteres Mal, dass sie eine der seltenen Gelegenheiten verpasst hatte, hervorragende Fotos zu machen. Stattdessen hatte sie an einer

Reportage über die Generalversammlung gesessen. Das glich schon einem regelrechten Fluch.

Du hättest mich vorher anrufen müssen, ich wäre mit euch gekommen, sagte sie.

Simon reagierte auf diese Bemerkung nicht. Seit Monaten bereits versuchte er, dafür zu sorgen, dass nicht alles einstürzte, traf er auf die Typen des anderen Lagers, die er gut kannte, tat er so, als wäre nichts, er wollte glauben, dass die politischen Differenzen auf persönlicher Ebene nichts änderten, was natürlich dumm war, da die erwähnten Differenzen gar nicht politischer Natur waren, also streckte er die Hand hin und hatte wie ein Idiot mit ins Leere ausgestreckter Hand dagestanden, während man ihm hasserfüllte Blicke zuwarf und er selbst im Gegenzug auch Hass verspürte, er wollte seine Knarre all denen ins Maul rammen, die er für seine Brüder gehalten hatte und die sich jetzt weigerten, ihm die Hand zu geben, und ihnen ganz nebenbei die Zähne einschlagen, da alles, was er über die Jahre hinweg für das Fundament einer unerschütterlichen Brüderlichkeit gehalten hatte, nichts als Sand war, Nebel, und nicht einmal Nebel, sondern schlicht und einfach nichts, rein gar nicht, und in dieser Nacht in Bastia, da hatten sie sie beschimpft, sie erniedrigt, hatten einfach nicht anders gekonnt, was sich, urplötzlich, äußerst angenehm anfühlte, auch wenn es ein Fehler war, da das Schandmal der Erniedrigung niemals verblasst und sie sich im großen Geschäftsbuch eine riesige Schuld hatten zukommen lassen, die es früher oder später zu begleichen galt. Und vor allem, schloss Simon, vor allem muss ich mich wohl fragen, was die Freundschaften noch zählen, die mir bleiben. Vielleicht ebenfalls nichts. Nur Dreck.

Steh auf, befahl Antonia ihm.

Sie stieß ihn Richtung Bett, auf das er kippte, und setzte sich rittlings auf seinen Bauch, während sie das weiße T-Shirt abstreifte, das sie zum Schlafen trug.

Ich bin nicht deswegen hergekommen, sagte Simon traurig, während er mit den Handrücken die nackten Brüste sanft berührte.

Ich weiß, sagte Antonia, und beugte sich über ihn, um ihn zu küssen.

Zeit zog ins Land, und die Tragödie, die Simon befürchtete, fand nicht statt. Niemand ging über das Stadium von Beleidigungen, miteinander konkurrierender Pressekonferenzen und gleichförmig konkurrierender Attentate hinaus. An jenen Tagen und zu ihrer großen Schande war Antonia darüber beinahe enttäuscht.

Im Januar 1991 geht ein Raketenhagel über dem Irak nieder, der die Fernsehbildschirme mit einem grünlich-fahlen Licht erleuchtet. In die Cockpits der amerikanischen Jäger integrierte Kameras filmen ein kompliziertes Netz aus Hebeln und Messgeräten, die direkt einem Flugsimulator oder einem Videospiel entsprungen zu sein scheinen. Die Mikrofone zeichnen die Flüche und die von den Piloten ausgerufenen Freudenschreie in den Momenten auf, da ihr Ziel in aller Stille mit einem kurzen und grell strahlenden Funkeln explodiert. Der Tod verblasst und hebt sich im Raum einer virtuellen Welt auf. Nichts von dem, was gesehen werden müsste, wird gezeigt. Die Amerikaner werden nicht noch einmal die zwanzig Jahre zuvor im Vietnam begangen Fehler wiederholen. Kein einziger General wird sein Leben ebenso sicher enden sehen wie das des Mannes, dem er eine Kugel in den Kopf jagt, da in genau dem Augenblick, wo er den Abzug drückt, Eddie A. den Auslöser seines Apparats betätigt. Kein einziges Foto wird das Gesicht eines Soldaten zeigen, der, während der Tet-Offensive, geradewegs den Gorgonen in die Augen geblickt hatte und nun, die Hände um sein Sturmgewehr, in einer solch perfekten Bewegungslosigkeit sitzen blieb, dass bei den von Donald McC. gemachten fünf aufeinanderfolgenden Bildern nicht die mindeste Veränderung seines Ausdrucks, ja nicht einmal die geringste Bewegung seiner Lider feststellbar ist, als wäre er tatsächlich zu einer Statue erstarrt.

Da die Vergangenheit stets lesbarer ist als die Gegenwart, bedauerte Antonia vor ihrem Fernseher, zu spät und am falschen Ort geboren worden zu sein. Alles, was ihr vertraut war, schien ihr nun, gerade weil es vertraut war, lächerlich und uninteressant. Sie war unfähig, ein scharfsinniges Auge auf das zu richten, was sie in genau diesem Moment umgab, und Simon T.s Verzweiflung, deren Tiefe und Ernsthaftigkeit sie nicht unterschätzte, schien ihr nicht mehr Aufmerksamkeit zu verdienen, als die existenziellen Ängste eines zu sensiblen Heranwachsenden. Im August erfuhr sie durch einen sehr kurzen Artikel der internationalen Seiten, dass die Belagerung einer Stadt, deren Name ihr nichts sagte, in einem Land begonnen hatte, an das sie nie zuvor gedacht hatte und das bald schon nicht mehr existieren sollte. Die Stadt hieß Vukovar. Die Tatsache, dass sie in Europa lag, schien nicht auszureichen, um bei Journalisten Neugier hervorzurufen, und erst recht nicht bei der breiten Masse. Antonia erblickte die lang erwartete Gelegenheit, um endlich wirkliche Arbeit als Fotografin zu leisten. In Jugoslawien hatte der Krieg sein numerisches Gepränge nicht angelegt. Sie machte ihren Vorgesetzten den Vorschlag, sich vor Ort zu begeben und eine umfassende Reportage für die Zeitung mitzubringen. Man lachte sie aus, selbstverständlich. Es habe ihr doch wohl nicht entgehen können, dass sie für eine regionale Tageszeitung arbeite, deren Bestimmung keineswegs darin bestehe, zu horrenden Preisen im Namen der Welt Fotografen auszusenden, damit diese über unnachvollziehbare Konflikte berichteten, mit denen die lokale Leserschaft nichts zu tun habe. Antonia solle sich besser dem großen Sommerheft »Unsere Dörfer im Festfieber« widmen, dessen Erscheinen für die Folgewoche vorgesehen war. Nach kurzem Katzenjammer wurde ihr klar, dass sie die Zustimmung der Zeitung nicht benötigte, um aufzubrechen. Sie ließ sich beurlauben. Sie würde die Kosten selbst übernehmen. Notfalls würde sie ihren Paten um Geld bitten. Es war dringend geboten anzufangen. Viele der Fotografen, die sie bewunderte, waren mit Sicherheit vor ihr losgefahren, ohne die bequeme Gewissheit eines potenziellen Abnehmers ihrer Bilder zu haben. Sie war doch frei, und die Tatsache, dass dieser logische Gedanke ihr erst jetzt aufging, zeigte, bis zu welchem Grad ihr Intellekt und ihr Wille aufgrund der Mittelmäßigkeit, des Verzichts und der Routine träge geworden waren.

Am Familientisch löste die Verkündung ihrer Entscheidung ein Beben aus, das sich hauptsächlich in Form mütterlicher Tränen und Schreie äußerte. Wie nur könne man davon träumen, sich von einer Bande blutrünstiger Wilder umbringen zu lassen, wo es einem zu Hause an nichts mangele? Wie nur könne man gegenüber seinen Eltern eine solche Undankbarkeit an den Tag legen, von denen man immer nur Liebe und Schutz erhalten habe und die man nun dazu verdamme, vor lauter Angst langsam, aber sicher zu vergehen? Marc-Aurèle wagte es, sie zu unterstützen, ich, ich finde es sehr gut, was du da vorhast, Antonia, sehr mutig, aber er wurde unter Androhung einer vollständigen, endgültigen und sofortigen Verstoßung, die aus ihm einen allseits verachteten Paria machen würde, gnadenlos zum Schweigen gebracht. Keines der von Antonia vorgebrachten Argumente sollte Gehör finden. Sie verzichtete darauf, sich zu erklären.

Du kannst sagen, was du willst, Maman, es wird nichts ändern. Ich werde gehen. Ich bin hergekommen, um es euch mitzuteilen, nicht, um mit euch darüber zu diskutieren.

Antonias Mutter zog sich in ihr Zimmer zurück. Sie habe also keine Tochter mehr – und vielleicht sogar überhaupt keine Kinder, fügte sie in Richtung von Marc-Aurèle hinzu, der klugerweise still blieb.

Mach dir nicht allzu viele Gedanken, sagte ihr Vater. Sie neigt dazu, die Dinge zu dramatisieren, das weißt du.

Ich weiß, Papa, antwortete Antonia, ohne zu unterstreichen, dass der Gebrauch des Verbes »dramatisieren« im vorliegenden Fall ein massiver Euphemismus war.

Aber vielleicht magst du ja noch einmal darüber nachdenken?, fragte er voller Hoffnung.

Antonia schüttelte langsam den Kopf.

Ich habe ja nachgedacht. Seit Jahren schon verfaule ich in diesem Loch hier. Ich habe alle Zeit der Welt gehabt, um nachzudenken.

Er wagte keinen weiteren Vorstoß.

Ich werde nach deiner Mutter sehen und versuchen, sie ein wenig zu beruhigen.

Antonia blieb vor ihrem Teller sitzen, gemeinsam mit Marc-Aurèle und ihrem Paten, der noch immer nichts gesagt hatte.

Und du?, fragte sie ihn. Was denkst du?

Noch nie in seinem ganzen Leben hatte er die Kraft besessen, ihr unrecht zu geben, und dieser Regel handelte er nicht zuwider. Er respektierte ihre Entscheidung. Er nahm an, dass es für sie sehr wichtig war. Vielleicht fühlte ja auch sie sich berufen, auf ihre eigene Weise. Es gibt Rufe, auf die kann man nur reagieren. Er würde Angst um sie haben, keine Frage, sehr sogar. Aber er würde beten. Von ganzem Herzen. Antonia machte Scherze über die zweifelhafte Wirksamkeit von Gebeten, denen Gott offensichtlich nur eine zerstreute oder zufällige Aufmerksamkeit schenkte. Er bemühte sich, mit ihr zu lachen.

Ich werde dennoch beten.

Er hatte gebetet, jeden einzelnen Tag, und Antonia war ohne einen Kratzer zurückgekehrt. Vielleicht hatte er Gott zu sehr gebeten, sie ihm lebendig zurückzubringen, und zu wenig, auch ihre Seele zu bewahren. Hatte er das Wesentliche vernachlässigt? Hatte er ausreichend stark an Antonia gedacht, als er Abend für Abend die letzten Worte des Gebetes sprach, die uns der Herr selbst gelehrt hat – *erlöse uns von dem Bösen*? Er erinnert sich nicht mehr, aber, sollte er es getan haben, hatte Gott es diesmal nicht für richtig gehalten, ihn zu erhören.

10

# *Agnus Dei*

(SOLDATEN DER JNA,
SCHWEINE NIEDERMETZELND,
ÖSTLICHES SLAWONIEN, 1992)

Anfang November 1991 kommt Antonia V. in Belgrad an, wo sie im Hotel Moskva ein Zimmer reserviert hat. Kellner in gestreiften Westen laufen mit vor Getränken und fremdartigem Gebäck überbordenden, auf ihren hochgestreckten rechten Armen schwankenden Tabletts durch den riesigen Salon der Bar, dessen Bänke mit cremefarbenem und englischgrünem Stoff bespannt sind. An diesem ersten Tag macht Antonia V. die brutale Erfahrung einer Fremdheit, von der sie nicht zu sagen vermag, ob sie sie verzaubert oder erschreckt.

Sie ist hergekommen, um den Krieg zu fotografieren, um die Spur dessen zu bewahren, was sich hier ereignet.

Sie ist auch hergekommen, um ein anderes Leben zu leben als das ihre.

Aber im Augenblick zählt in dieser Bar des Hotel Moskva nur die Eigenartigkeit dieses neuen Lebens. Antonia V. gelingt es nicht, ernsthaft an den Krieg zu denken, der sich in weniger als hundertfünfzig Kilometer Entfernung abspielt und dessen hypothetische Realität hier nur in der unüblichen Anwesenheit ausländischer Journalisten Bestätigung findet.

Wie zieht man in den Krieg? Auf welchem Weg? Gibt es eine Schleuse, eine Grenze, eine zu durchschreitende Tür, hinter der sich sein offizielles Terrain erstreckt?

Sie verlässt das Hotel mit ihrer Kamera. Sie folgt den Schildern, die in Richtung des Kalemegdan weisen, sie spaziert durch den Park, wo eine derart strenge Kälte herrscht, dass sie beinahe exotisch erscheint, sie geht am Denkmal für Frankreich vorbei und fotografiert, von den Mauern der Festung aus, den Zusammenfluss von Donau und Save. Sie kehrt um. Von allen Seiten hallt das Echo einer slawischen Sprache wider, die sie zum ersten Mal hört. In der Kirche des Hl. Markus steht ein Mann vor den Ikonen. Bei jeder angezündeten Kerze bekreuzigt er sich erst und kniet dann nieder, wobei er eine Hand auf den Boden legt, als hätte er soeben den Fuß des Kreuzes eingepflanzt, das er zuvor mit den Fingerspitzen in die Luft gezeichnet hat.

Sie geht zurück auf ihr Zimmer.

Sie schreibt ihrem Paten: *Ich habe mir als Erstes Ikonen angesehen und das Grab eines Kaisers.*

Sie geht wieder hinunter in die Bar und setzt sich allein an einen Tisch. Ihr verlorener Ausdruck und ihre Unerfahrenheit erregen wahrscheinlich das Mitgefühl einer Gruppe heiterer Journalisten, die ihr zu verstehen geben, sich doch zu ihnen zu gesellen. Sie kommt der Aufforderung so übereifrig nach, dass es ihr würdelos erscheint. Die Unterhaltung verläuft auf Englisch. Sie begreift entsetzt, dass sie beinahe nichts versteht.

Wie nur hatte sie aufbrechen können, ohne überhaupt daran gedacht zu haben, auch sicherzustellen, dass sie imstande wäre zu verstehen, was man zu ihr sagen würde, und sich gleichfalls selbst verständlich machen zu können?

Man bestellt ihr *Šljivovica*. Der Alkohol brennt in Kehle und Brust. Ein gut vierzigjähriger, ihr gegenübersitzender Fotograf erhebt sich und geht um den Tisch, um sich zu ihr zu setzen. Er ist Franzose. Es ist das allererste Mal, dass sie Lust verspürt, jemanden zu küssen, nur weil er Franzose ist. Er erzählt ihr grauenhafte und faszinierende Anekdoten, die er aus Beirut, Phnom Penh oder auch Teheran mitgebracht hat. Beim vierten oder fünften Glas entdeckt Antonia V. die wundersame linguistische Wirkung des *Šljivovica*: Erinnerungen aus ihrem Englischunterricht am Gymnasium, die sie für immer verloren wähnte, kehren in ihr Gedächtnis zurück, und aus der Undurchdringlichkeit der Geräusche, die sie umschwirren, lösen sich mehr und mehr verständliche Sätze. Der Franzose teilt ihr mit, dass er vorhat, am nächsten Tag nach Vukovar zu fahren. Sie fragt, ob sie ihn begleiten dürfe.

Er antwortet: Ich spiele nicht den Babysitter.

Antonia V. wagt es nicht länger, das Wort an ihn zu richten.

Nur, wie zieht man in den Krieg?

Später am Abend trifft sie eine italienische Journalistin, mit der sie Korsisch sprechen kann. Sie treffen sich nach einigen Stunden Schlaf und verlassen Belgrad gemeinsam bei Sonnenaufgang. Antonia V. hört zunächst in der Ferne Explosionen und sieht die ersten Artilleristen der JNA. Sie kommen an Vukovar vorbei und steuern auf die Frontlinie zu, unweit von Osijek. Der Himmel ist wasserblau. Gruppen von Soldaten trinken rauchend *Rakija*. Dreihundert Meter weiter erkennt Antonia V. die dunklen Formen zweier im Gras hingestreckter Leichen. Ein Soldat nähert sich ihr. Er sagt zwei englische Worte, die sie mühelos versteht, *Croatians, deserters*, und die er mit dem eloquenten Ausdruck der Machtlosigkeit gestisch begleitet. Antonia V. nähert sich den Leichen. Die erste ist mit dem Gesicht voran auf die Erde gefallen. Die zweite liegt auf der Seite, den Arm von sich gestreckt, die Hand offen zum Himmel hin. Am Rücken und auf der Brust sind ihre Drilliche blutdurchtränkt. Sie sieht, dass man ihnen auch Hände und Füße durchschossen hat.

*Wie die Wunden Christi*, schreibt sie an ihren Paten.

Sie legt sich ins Gras. Sie macht ein Foto von dieser zum Himmel hin offenen Hand, den verkrampften Fingern, der blutenden Wunde und der Erde unter den Nägeln.

Nichts ist leichter, als in den Krieg zu ziehen.

Das hat Dragan Đ., den sie zwei Wochen später in Vukovar treffen wird, weit vor ihr gelernt, als er sich, an einem Abend im Mai 1991, bei der Kaserne meldete, um seinen Militärdienst zu leisten. Er hat die Vojvodina in Begleitung seines älteren Bruders verlassen, der darauf bestand, ihn bis nach Kroatien zu fahren. Am Vorabend hatten sie noch mit Freuden zusammen reichlich seinen Abschied begossen, und nun leiden die beiden an einem hartnäckigen Kater, den sie mit Joints und lauter Musik zu verscheuchen suchen. In den ersten kroatischen Dörfern, die sie durchqueren, sehen sie mit

Gewehren bewaffnete Gruppen von Männern, die ihr vorbeifahrendes Autos mit Blicken verfolgen. Sie ziehen daraus den Schluss, Kroaten pflegten eine Vorliebe für die Jagd. Sie sehen schachbrettartig karierte Insignien, was bei ihnen schlagartig die Erinnerung an die Ustaschas wachruft.

Sie irren durch die Stadt auf der Suche nach einer Kaserne, die wegen des Haschischs unauffindbar wird. Sie machen sich das Gewicht der Blicke nicht bewusst, die weiterhin auf ihnen ruhen. An einer Straßenbiegung finden sie schließlich die Kaserne, deren Tore verschlossen sind. Dragan Đ.s Bruder hupt. Das Portal öffnet sich einen Spaltbreit, und ein Soldat schiebt seinen Kopf durch die Öffnung. Er blickt auf das Nummernschild des Wagens. Er beginnt, sie anzubrüllen. Ob sie vollkommen übergeschnappt wären, so mir nichts, dir nichts mit einem in der Vojvodina gemeldeten Auto spazieren zu fahren? Ob sie erpicht darauf wären, sich eine Kugel in den Kopf jagen zu lassen? Kommt bloß schnell rein. Wir machen euch auf.

Dragan Đ.s Bruder antwortet, dass er vier Jahre zuvor seinen Dienst geleistet habe und lieber sterben würde als nochmals eine Kaserne voller Dreckskerle vom Militär zu betreten.

Dann zieh Leine, du Vollidiot!, schreit der Soldat.

Dragan Đ. schnappt sich seine Sachen und küsst seinen Bruder, der wieder abfährt und dem Soldaten durchs offene Fenster des Wagens einen feierlichen Mittelfinger zeigt.

Dragan Đ. verbringt einen Monat eingeschlossen in der Kaserne. Er ist in den Krieg gezogen, aber er weiß es noch nicht.

Am 19. Mai wird die Unabhängigkeit Kroatiens mittels eines Referendums, das die serbischen Einwohner boykottieren, massiv unterstützt.

Einer nach dem anderen fliehen kroatische Offiziere und Einberufene als Antwort auf den Appell derjenigen Stimmen, die vom Ausland her nicht aufhören, ihre Anwesenheit einzufordern. Die

Mazedonier desertieren auch, wenig bestrebt, in eine Konfrontation gezwängt zu werden, die sie immer weniger betrifft. Die Slowenen sind bereits seit Langem fort. Ganz offensichtlich steht für niemanden mehr die Erhaltung der Einheit Jugoslawiens auf der Tagesordnung. Während der achtzehn Monate, die sein Militärdienst dauert, wird Dragan Đ. nie genau sagen können, ob er tatsächlich verstanden hat, wie die offiziellen oder verborgenen Ziele des Kriegs lauten.

Klar jedoch ist, dass es böse enden wird, äußerst böse, und immer rasanter, und dass sich alles vermengt, 1912, 1934, 1943, die Vergangenheit, die so lange im Schlund feststeckte, steigt wieder auf und vergiftet die Gegenwart, die Ustaschas von Jasenovac, die Messer und Sägen, die Partisanen, die langen Haare und Bärte der Tschetniks.

Anfang Juni ist die Situation unhaltbar geworden. Was vom Regime noch da ist, verlässt die Kaserne und zieht sich gen Osten zurück.

Am 25. Juni erklärt Kroatien seine Unabhängigkeit.

Im Juli besetzt die Kompanie von Dragan Đ. ein Dorf in Slawonien. Die Kroaten sind ganz nah, in Hörweite. Man trifft keine Vorsichtsmaßnahmen, weder im einen noch im anderen Lager. Die Regeln der Kampfhandlung sind nicht wirklich klar, und niemand schießt. Die Soldaten dringen zwischen den Linien vor, um mit denen von gegenüber zu reden. Alles scheint unwirklich. Und als er sich wenige Wochen später zu einem seiner Kameraden niederkniet, den eine in der Lunge steckende Kugel aufstoßen und rosenfarbenen Schaum spucken lässt, der ihm die Luft nimmt, versteht Dragan Đ. nicht, wie alles so böse enden konnte. Eine Verkettung winziger und schicksalhafter Schritte hat ihn ohne große Mühe den wirren Weg zurücklegen lassen, der von einer Party in der Vojvodina hierhergeführt hat. Er weiß nun, dass er bereits in dem Augenblick, da er auf der Schwelle zur Kaserne seinen Bruder zum

Abschied küsste, in den Krieg gezogen war und dass nichts leichter ist als eben dies.

Im August und dann noch einmal im Oktober kämpft er Mann gegen Mann.

Anfang November wird er zum Unteroffizier ernannt. Er trinkt. Er konsumiert sämtliche Drogen, die ihm in die Hände fallen. Es ist nicht die schlechteste Lösung.

Am 21. November, drei Tage nach dem Fall von Vukovar, sieht er zwei junge Frauen seiner Einheit näher kommen, von denen eine ihre Kamera über der Schulter trägt. Seit zehn Tagen bereits läuft Antonia V., die keinen Babysitter mehr braucht, zusammen mit Jelica, deren Familiennamen sie nicht kennt, die Front kreuz und quer ab. Sie hat sie in der Bar des Hotel Moskva getroffen, wo die Französisch sprechende Studentin den Journalisten ihre Übersetzerdienste anbot. Ein täglicher und vermutlich exzessiver Konsum von *Rakija* hat Antonia V. zwar ermöglicht, sich auf Englisch durchzuschlagen, ihr Sprachniveau aber schließt Präzision wie Subtilität vollkommen aus, was für den Großteil der serbischen oder kroatischen Soldaten ebenso gilt, mit denen sie bislang zu tun hatte. Jelica ist ihr von daher eine kostbare Hilfe. Vor allem aber ist sie gern mit Jelica unterwegs.

Einige Tage zuvor, als sie gemächlich über eine Ebene Richtung Westen fuhren, hörten sie plötzlich drei Schüsse und den beunruhigenden Lärm eines metallischen Schlags auf dem linken hinteren Kotflügel. Jelica saß am Steuer. Sie drückte das Gaspedal durch. Irgendwelche Idioten schießen auf uns! Antonia V. konnte nicht glauben, dass sie soeben Schüsse abbekommen hatten. Ihr Herz erregte sich vor Entsetzen und Freude.

Warum schießt man auf uns?, fragte sie Jelica. Wer sind die?

Keine Ahnung. Das kann wer weiß wer sein! Der, der da geschossen hat, weiß womöglich nicht einmal warum. Jemand ist ohne Deckung. Er hat ein Gewehr. Das ist auch schon alles. Er kann nicht anders. Du hast ja gesehen, dass die alle vollkommen durchgedreht sind!

Jelica hing über dem Steuer, die Augen fest auf der Straße. Sie bremste jäh ab.

Was für Idioten!, sagte sie, hast du diese Idioten gesehen?, und wurde plötzlich von einem irren Lachen gepackt, das ihr die Tränen in die Augen trieb, und Antonia V., ebenfalls lachend, hatte genügend Zeit, sich gegen die Wagentür zu drücken, um sie zu fotografieren.

Sie liebt es, hier zu sein, gemeinsam mit Jelica, sie liebt es zu lachen, wenn man grundlos auf sie schießt, das Gefühl zu fallen, der Schwindel, die Lust, sich im letzten Moment wieder zu fangen.

Sie kommen jetzt ganz nah an Dragan Đ. vorbei, und brüllende Stimmen erregen ihre Aufmerksamkeit. In gut zehn Metern Entfernung verwarnt ein Typ in merkwürdiger Uniform und schwarzer Kappe gerade einen Offizier der JNA, der seine Augen vor ihm niedersenkt wie ein Schüler, der bei einem Fehler ertappt wurde. Jedes Mal, wenn der Offizier zu antworten versucht, bekommt er eine Ohrfeige. Alle Soldaten schauen jetzt voller Interesse und offenkundigem Vergnügen der Szene zu. Antonia V. müsste ein Foto machen, und wenn es aus der Hüfte geschossen wäre, aber sie kann sich nicht dazu entschließen, sie hat Angst, die Aufmerksamkeit auf sich zu lenken, und verflucht ihre Feigheit.

Am Abend, in ihrem Zimmer des Hotel Moskva, schreibt sie ihrem Onkel: *Das Auge habe ich. Aber die Hand will nicht immer folgen. Also nutzt das Auge gar nichts. Ich bin nicht begabt.*

Wer ist der Typ?, fragt sie Jelica.

Wer ist das?, fragt Jelica Dragan Đ.

Er antwortet in tadellosem Englisch. Das ist der Boss einer paramilitärischen Gruppe. Er heißt Željko R., alle aber nennen ihn Arkan. Dragan Đ. war ihm schon häufiger im Hinterland der Front begegnet. Er hatte noch nie von ihm gehört. Man erzählte ihm, dass er vor dem Krieg den Fan-Club eines Fußballvereins in Belgrad geleitet habe. Rechtsextreme. Was überhaupt keinen Sinn ergibt. Aber jetzt, in Uniform, versetzt Arkan dem Kommandanten Ohrfeigen, und niemand stört sich daran, weil letztendlich gar nichts mehr Sinn ergibt und der Kommandant ein herzloser Bastard ist. Den würden am liebsten alle nur ohrfeigen.

Bald schon wird Antonia V. ein erstes von Ron H. aufgenommenes Foto entdecken, auf dem Arkan posiert, ein Tigerjunges in der Hand, vor seinen Männern, die auf einen Sturmpanzer geklettert sind, und dann, im Folgejahr, ein zweites Foto, das in Bosnien mit jener Form wahnwitzigen Mutes aufgenommen wurde, von dem sie inzwischen weiß, dass er ihr bitter fehlt und immer fehlen wird.

Sie kommen nach Vukovar. Dragan Đ. begleitet sie. Mann könnte nicht einmal behaupten, dass die Stadt in Ruinen liegt. Sie ist zu einem unwahrscheinlichen Haufen aus Bauschutt, Blech und Staub mutiert, durch welchen Soldaten der JNA sowie einige verstörte, aus einer unterirdischen Hölle aufgetauchte Zivilisten ziehen.

Das ist wie im Film, sagt Jelica.

Ein großes, vereinzeltes Stück Wand, das bereits von Inschriften in kyrillischen Lettern übersäht ist, erhebt sich inmitten der Ruinen in einer merkwürdigen Einsamkeit. Dragan Đ. zeigt mit dem Finger auf eines der Graffiti und beginnt zu lachen. Er übersetzt: *Bitte, Leute, seid nett, lasst mich stehen!* Ganz an der Seite steht in riesigen Großbuchstaben: *Nur der Tod.* Man kann unmöglich sagen, ob es sich um eine verzweifelte Feststellung oder um einen nihilistischen Slogan handelt. Antonia V. fotografiert die Wand. Sie glaubt, ein weiteres Mal, ein verlogenes Bild zu produzieren, das eine mit Sinn gesättigte Tiefe suggeriert, den es, im Grunde, nicht gibt.

Die drei kehren zur Einheit von Dragan Đ. zurück, wo man ihnen den unausweichlichen *Rakija* zu trinken anbietet. Etwas weiter entfernt steigen kroatische Kriegsgefangene auf das Heck eines Planwagens. Antonia V. macht Fotos. Niemand schenkt ihr auch nur die geringste Aufmerksamkeit. Ein einziges Mal nur blickt ein Gefangener entsetzt auf ihr Objektiv, was sie erbeben lässt. Sie drückt den Auslöser.

Seit sie hergekommen ist, hat man ihr, auf beiden Seiten der Frontlinie, mit dem je gleichen Schauder in der Stimme raffinierte unweigerlich schreckliche Geschichten von Morden und Übergriffen erzählt, die den Sadismus des je anderen Lagers veranschaulichen. Merkwürdigerweise gleichen sich diese Geschichten über flehende Kinder, die erbarmungslos von ihren Henkern hingerichtet werden, oder schwangere, genüsslich aufgeschlitzte Frauen bis auf ein paar Kleinigkeiten. Diese Geschichten sind, natürlich, auf ihre Weise alle falsch. Einige sind seit 1912, 1934 oder 1943 durch die Zeit gewandert und haben sich im Laufe ihrer Reise verändert und angereichert, um abscheuliche Genauigkeit anzunehmen. Andere sind frei erfunden – wie die Sagen von Menschenfressern und Monstern, aus denen sich die Albträume der Kinder speisen.

*Aber über die schrecklichen Dinge, die sich plötzlich wirklich ereignen, berichtet niemand,* schreibt sie an ihren Paten.

In der Woche darauf folgt sie der Einheit von Dragan Đ. entlang der slawonischen Front. Sie hat es aufgegeben, sich auf die kroatische Seite oder zu den Serben in Krajina zu begeben. Bis jetzt ist es ihr nicht gelungen, auch nur eine einzige Fotografie zu verkaufen. Sie denkt, dass sie mehr Chancen haben wird, wenn sie sich an die Kohärenz eines einzigen Blickpunkts hält.

Sie fotografiert Dragan Đ., im Gras liegend, der Blick wahnsinnig, die Kalaschnikow quer über die Brust gelegt. In Serbien verstecken sich die Reservisten und Einberufenen, um dem Wehrdienst zu entgehen. Die Ablösung erfolgt nicht. Die verfügbaren Soldaten werden bis zur Erschöpfung verbraucht.

Ich wurde zu früh einberufen, sagt Dragan Đ. Ich verstand gar nichts. Wenn ich gewusst hätte, in was für einer Scheiße ich landen würde, wäre ich nach Ungarn abgehauen. Ich habe dort Cousinen mütterlicherseits, in einem Dorf bei Szeged. Das ist ein Loch, aber dort geht es einem bestimmt besser als hier.

Im Dezember kehrt Antonia V. nach Korsika zurück, um die Festtage mit der Familie zu verbringen. Sie nutzt die Gelegenheit, um bei ihrer Bank einen Kredit zu erbitten. Sie wird ihn durch den Verkauf ihrer Fotos zurückbezahlen. Sie antwortet einsilbig auf die Fragen ihrer Eltern. Trotz aller Bemühungen gelingt es ihr nicht, den Graben zu überwinden, der sie von den Ihren trennt.

Im Januar, als man eine Feuerpause ankündigt, die doch nur pausenlos verletzt wird, kehrt sie mit übermäßiger Freude zurück in die Bar des Hotel Moskva. Jelica arbeitet inzwischen für andere Journalisten. Sie treffen sich allabendlich. Sie trinken ein Gläschen zusammen, sie essen in einem Restaurant zu Abend.

Antonia stößt in einem Dorf an den Ufern der Save wieder auf die Einheit von Dragan Đ. Er ist nicht da. Sie befürchtet, dass er verletzt oder tot sein könnte. Man versichert ihr, dass dem nicht so war. Wenn er im Militärkrankenhaus sei, dann nur, weil er eine Art Depression habe, die wahrscheinlich auf die physische und psychische Erschöpfung zurückzuführen sei.

Nicht wirklich, erklärt er ihr bei seiner Rückkehr. Ich habe mir nur zu viele Drogen reingezogen, das ist alles. Sie haben mich nicht degradiert. Sie haben nur gesagt, ich solle aufhören, Mist zu bauen.

Sie ist glücklich, ihn wiederzusehen.

Am 20. Januar 1992 übernimmt er die Führung einer Spähpatrouille. Antonia V. begleitet ihn. Sie macht Fotos von der Kolonne, die in der weißen Ebene vorwärtszieht. Der Schnee erdrückt die Perspektiven, und Antonia V. befürchtet, dass die zu weiten Einstellungen nichts taugen werden. Am Nachmittag dringen sie zu einem Weiler von vier oder fünf Häusern vor. Sie sehen zunächst nichts anderes als gedrungene Formen, die sich um einen Haufen farbiger Flecken bewegen. Als die Kolonne näher rückt, bleibt ein Soldat stehen, bevor er sich plötzlich nach vorn beugt und erbricht. Ein Dutzend Leichen liegt im Schnee, die meisten von ihnen Frauen. Schweine huschen grunzend von einer zur anderen. Sie sind aus ihren Ställen ausgebrochen, oder aber diejenigen, die das angerichtet haben, hätten dafür gesorgt, dass sie freikommen, wohl wissend, was passieren würde.

Antonia V. erinnert sich vage an ein grausames Märchen, das sie möglicherweise eines Tages gehört hat, oder an einen unguten Traum voller Licht und greller Farben, unmittelbar vor der Erleichterung des Erwachens im Dunklen.

Sie tritt näher heran, das Auge am Sucher. Sie fühlt sich jetzt erstaunlich ruhig und hellsichtig. Sie fotografiert die Leichen, die Schweine, die Blutspuren im Schnee.

Sie hört, wie Dragan Đ. mit der Stimme eines Geisteskranken irgendetwas brüllt.

Vier oder fünf Soldaten stellen sich in einer Reihe auf und beginnen zu schießen, während sie Beleidigungen, Gebete oder Flüche ausstoßen. Antonia V. kniet sich in den Schnee. Sie nimmt sie ins Bild, den Lauf der Sturmgewehre leicht Richtung Boden geneigt, sie hört die Schreie verletzter Schweine, die schwer in den Schnee kippen, sie sieht den Stoff einer Jacke.

Sie fotografiert immer weiter.

Ein Soldat läuft und schießt auf einen riesigen Zuchteber, der davonrennt und dann seinerseits umkippt. Der Soldat nähert sich und leert sein Magazin. Dragan Đ. steht aufrecht im Schnee, die Gesichtszüge verzerrt, eine Pistole in der Hand.

Nach ihrer Rückkehr stürzen sie sich alle auf die Flaschen voller *Rakija*. Antonia V. fühlt sich noch immer sehr ruhig. Sie leert ihr Glas.

Hast du *Apocalypse Now* gesehen?, fragt Dragan Đ.

Sie nickt.

Ich auch. Die Doors und all das ...

Er schüttelt den Kopf und füllt erneut sein Glas.

Man kann wohl sagen, dass das nichts mit dem hier zu tun hat, folgert er. Rein gar nichts.

Um vier Uhr früh wacht sie plötzlich in der wohltuenden Dunkelheit ihres Zimmers im Hotel Moskva auf. Die Kamera liegt am Fußende ihres Bettes. Sie denkt an das, was die Filme beinhalten und kann nicht mehr einschlafen.

Sie schreibt an ihren Paten: *Es stimmt nicht, dass es einem Film ähnelt.*

Sie geht hinunter frühstücken. Sie setzt sich zu einem Korrespondenten einer französischen Tageszeitung, den sie schon mehrmals getroffen hat. Sie erzählt ihm, was am Vorabend geschehen ist. Sie redet über die Fotos, die sie gemacht hat. Über den Schock, den sie gewiss auslösen, wenn sie publiziert würden. Er versucht sanft, sie auf ihren Irrtum hinzuweisen. Kein einziges Foto, kein einziger Artikel hat bislang auch nur einen einzigen Schock ausgelöst, und wenn doch, dann nur den unnützen und flüchtigen Schock des Entsetzens oder Mitleids. Die Leute wollen das nicht sehen, und wenn sie es sehen, wollen sie es lieber vergessen. Nicht, weil sie gemein, egoistisch oder gleichgültig wären. Nicht nur zumindest. Aber es ist unmöglich, diese Dinge zu sehen, wenn man zugleich weiß, dass man nichts daran ändern kann. Man kann das nicht von ihnen erwarten. Das Einzige, was in ihrer Macht steht, ist den Blick abzuwenden. Sie empören sich. Und dann wenden sie den Blick ab.

Aber warum machen wir das hier dann?

Einer muss es ja tun.

*Aber vor allem,* schreibt sie an ihren Paten, *lieben sie es, sie mögen es, alle – und ich auch.*

Für zwei Tage kehrt sie nicht zurück an die Front. Sie geht in den Straßen von Belgrad spazieren, dort, wo der Krieg einem substanzlosen Traum ähnelt. Am Abend geht sie mit Jelica aus.

Sie beginnt zu denken, dass sie etwas gesehen habe, was nicht zu sehen ihr unendlich lieber gewesen wäre, da sie ihren Blick nun nicht mehr abwenden kann. Und es ist ja doch nur ein winziges Ereignis, ein Gestotter, die bedeutungslose Episode einer Geschichte, die hier nicht begonnen hat und hier nicht enden wird, da sie weder Anfang noch Ende kennt. Sie erzählt nichts davon ihrem Paten.

Sie schreibt ihm nur: *Ich weiß, dass bestimmte Dinge im Verborgenen bleiben müssen.*

Wie dem auch sei, einige der Fotos, die sie geschossen hat, würden genau dazu verdammt sein, da sie zweifellos unerträglich waren und man denken konnte, sie würden einem Horrorfilm entstammen, auch wenn *das nichts mit dem hier zu tun hat, rein gar nichts.* Andere sind weniger explizit, aber ebenso obszön. Sie zeigen nichts, aber was sie suggerieren, ist vollkommen klar, und das ist, in einem gewissen Sinne, noch schlimmer. All die Vorsichtsmaßnahmen, die Subtilitäten der Einstellung, das feine Gespür fürs Ungesagte, das widerliche Schamgefühl, das lustvolle Vergnügen.

*Es gibt so viele Arten, sich als obszön zu erweisen,* schreibt sie an ihren Paten.

Sie wird die Filme nicht entwickeln.

Sie kehrt ein letztes Mal zurück an die Front. Sie teilt Dragan Đ. mit, dass sie heimgehen werde. Sie habe genügend Fotos vom Krieg gemacht. Sie werde im November wiederkommen, wenn er aus seinem Militärdienst entlassen würde. Falls er einverstanden sei, werde sie ihn auf seinem Rückweg begleiten.

Im November?, fragt er.

Ja. Er solle also gut auf sich achtgeben bis dahin, denn sie werde ihn brauchen. Sollte er im November nicht da sein, wenn sie zurückkommen wird, wäre die Reportage, die sie sich vorstellt, vollkommen verpfuscht.

Sie verbringt einen letzten Abend in Belgrad, zusammen mit Jelica. Sie kehrt bei Morgengrauen zurück, vollkommen betrunken. Vor dem Hotel Moskva umarmen sie sich lange in der Kälte, um einander Auf bald zu sagen.

Antonia V. nimmt ihren Job bei der regionalen Tageszeitung wieder auf, für die sie seit 1984 arbeitet. Sie macht harmlose und bedeutungslose Fotos, bei denen es irrelevant ist, ob sie verborgen bleiben oder gezeigt werden. Sie legt Geld zur Seite. Niemand wirft ihr ihre unnützen Reisen vor oder fragt nach, warum ihre Fotos nicht in der Presse erschienen sind. Sie spricht mit ihrem Paten in allzu vagen Formulierungen über das, wovon sie in Jugoslawien Zeugin geworden ist. Sie hält sich an beispielhafte Allgemeinplätze in Bezug auf den Horror des Krieges. Gut möglich, dass er ahnt, was zu sagen ihr nicht gelingt.

Das zweite Foto von Ron H. wird publiziert. Man sieht darauf einen von Arkans Männern, wie er sich anschickt, drei bosnischen Zivilisten, die er eben erst abgeschlachtet hat, einen Tritt zu versetzen. Der Milizionär scheint sehr jung zu sein. Er trägt, hochgeschoben in sein Haar, eine Sonnenbrille, deren Gestell weiß ist und somit ganz klar darauf hindeutet, dass der Abzug sich nicht auf etwas Historisches, sondern auf etwas Gegenwärtiges bezieht. Er steht auf sein linkes Bein gestützt, er hält den Körper leicht nach hinten gebeugt, das rechte Bein ist angewinkelt, bereit, gleich zuzutreten. In seiner Linken hält er, zwischen kraftlos gespreizten Fingern, eine Zigarette mit der eleganten Geste aristokratischer Gelassenheit. Ein Mann und zwei Frauen liegen ausgestreckt auf dem von frischem Blut glänzenden Bürgersteig. Man weiß nicht, auf welche der Leichen der Fußtritt gerichtet ist.

Antonia V. zeigt das Foto ihrem Paten.

Das ist Sünde, murmelt er.

Es bringt gar nichts, sagt Antonia V. Alle Welt macht sich darüber lustig.

Und auch das ist Sünde, fügt ihr Pate hinzu. Die Sünde der Welt.

Im April beginnt die Belagerung von Sarajevo, deren Direktübertragung im Fernsehen den Rhythmus der familiären Abendessen vier Jahre lang bestimmen wird.

Anfang November kehrt Antonia V. zurück ins Hotel Moskva, wo sich keine Journalisten mehr aufhalten. Die Dinge enden böse, allzu schnell, in allen Winkeln zugleich, alles ist zu kompliziert, um es zu erfassen, und alle sind nach Bosnien weitergezogen. Als sie Dragan Đ. wiederfindet, ist er sehr abgemagert. Er lächelt ihr schwach zu. Sie fragt sich, was er gesehen haben mag. Sie fragt sich, was er getan haben mag.

Am Tag seiner Entlassung begleitet sie ihn bei der Erfüllung der administrativen Gänge, die ihn freisetzen und seinem einstigen Leben wieder übergeben, das er jedoch niemals wiederfinden wird. Es ist vorgesehen, dass man ihn im Militärbus zurück nach Belgrad bringt. Von dort aus wird er mit den üblichen Verbindungen nach Hause zurückkehren. Er fragt den Busfahrer, ob dieser die Anwesenheit von Antonia V. akzeptieren würde. Der Busfahrer murmelt irgendwas in sich hinein.

Es ist ihm scheißegal, übersetzt Dragan Đ.

Aber sie hatte bereits verstanden.

Der Bus ist beinahe leer. Abgesehen von Antonia V. und Dragan Đ. gibt es nur vier Passagiere, drei Soldaten und einen Milizionär, der zwei bis zum Bersten volle Koffer mit sich schleppt. Der Bus fährt durch die Ebene. An einem Checkpoint werden sie von der Militärpolizei kontrolliert und gebeten, auszusteigen und ihr Gepäck zu öffnen.

Der Milizionär nimmt einen der Polizisten beim Arm und zieht ihn zur Seite. Er spricht einen Augenblick lang mit ihm, legt ihm die Hand auf die Schulter. Der Polizist stimmt energisch zu. Der

Milizionär entnimmt einem seiner Koffer etwas und reicht es dem Polizisten, der ihm die Hand schüttelt und ihm bedeutet, doch wieder im Bus Platz zu nehmen.

Die Polizisten wenden sich nun Dragan Đ zu. Sie durchwühlen seinen Militärrucksack, aus dem sie Audiokassetten und zwei Bücher herausziehen, die sie ihm unter die Nase halten, bevor sie sie auf die Erde werfen. Sie lachen. Antonia weiß, dass sie davon Fotos machen müsste, aber sie wagt es auch jetzt wieder nicht. Sie denkt an Ron H. Sie greift so diskret wie möglich nach ihrem Apparat. Sie macht die Fotos.

Sie steigt zurück in den Bus und setzt sich neben Dragan Đ. Er zittert, als hätte er Fieber. Sie ergreift seine Faust. Schweine, sagt er, Arschlöcher aus Belgrad. Schau mich an, schau, in was für einem Zustand ich bin, schau dir diesen ekelhaften Drillich an, den ich trage. Ich komme von der Front zurück, verdammt noch mal. Sie müssten mir eine Medaille geben. Aber denen geht es am Arsch vorbei mit ihren dämlichen supersauberen Uniformen, die behandeln mich wie ein Stück Scheiße. Nur, weil ich ihnen nichts zu geben habe, und das nervt sie. Hast du gesehen, wie sie mit meinen Büchern umgegangen sind? Und so was regiert nun unser Land. Fußballfans und Vollidioten, die Bücher wegwerfen. Warum liest du einen ungarischen Trottel?, haben die gefragt. Warum liest du einen polnischen Trottel? Für diese Typen ist Bukowski ein polnischer Trottel. Diese Dreckskerle. Diese Dreckskerle.

In Belgrad angekommen, sagt er nichts mehr. Sie steigen in einen anderen Bus um. Sie folgen dem Lauf der Donau. Sie gehen durch die Straßen einer Stadt, die sie nicht kennt. Dragan Đ. hält auf einer Brücke an. Junge Leute machen sich über ihn lustig. Antonia V. macht noch ein letztes Foto, und damit ist es vorbei. Er geht, ganz allein, und wischt sich die Tränen weg. Er will nicht länger, dass sie ihm folgt. Er möchte nicht mehr mit ihr teilen, was sich nun abspielen wird, und sie lässt ihn ziehen, obgleich sie sich so gern von ihm verabschiedet hätte.

Sie geht zurück zum Busbahnhof und fährt wieder nach Belgrad. Sie ruft Jelica an, um sie zu bitten, doch den Abend mit ihr zu verbringen. Sie wartet auf sie in der Bar des Hotel Moskva, auf den mit cremefarbenem und englischgrünem Stoff bezogenen Bänken, sie trinkt derweil einen *Šljivovica*. Sie denkt zurück an das Gelächter der jungen Leute auf der Brücke. Sie versteht nichts.

Und auch das ist Sünde, hätte ihr Pate gesagt.

Sie glaubt nicht an die Sünde. Sie weiß nicht einmal, was das sein soll. Aber sie fühlt sich, ihren *Šljivovica* trinkend, bei der Vorstellung immer unwohler, dass die Fotos, die sie heute gemacht hat, veröffentlicht werden könnten. Selbst wenn ein Magazin sie akzeptieren würde, was mehr als zweifelhaft ist, so möchte sie doch nicht, dass sich fremde Augen voller Neugier oder Gleichgültigkeit auf die umfassende Katastrophe richten, deren Zeugin sie heute geworden ist. Diese Katastrophe will sie nicht reproduzieren.

*Es gibt so viele Arten, sich als obszön zu erweisen,* hatte sie eines Tages an ihren Paten geschrieben.

Morgen wird sie heimkehren, sie wird dieses Land für immer verlassen, dessen Namen alle temporärer Natur sind, und die Filme von heute werden all jenen folgen, die in einem Karton bereits auf sie warten und die Antonia niemals entwickeln wird.

Sie glaubt nicht an die Sünde, sie glaubt auch nicht an das Lamm Gottes, das die Sünde der Welt hinwegnimmt. Aber zumindest wird sie, Antonia V., soweit es in ihrer Macht steht, dem, was die Welt ist, nichts hinzufügen.

11

# Kommunion: *Lux aeterna*

(JUNGVERMÄHLTE,
BEI SONNENUNTERGANG,
MAURITIUS, 1997)

Über Jahre hinweg, sieht man von jenen ab, die er im Gefängnis verbrachte, hatte Antonia mit Pascal B. geschlafen, ohne je ein anderes Verhütungsmittel anzuwenden als das des Zurückziehens, eine Methode, bei der sich schon längst gezeigt hatte, dass sie zur Steigerung der Geburtenrate bemerkenswert beigetragen hat, und die ihr Partner, das kommt hinzu, mit einer eher mäßigen Geschicklichkeit praktizierte, dennoch war sie in all diesen Jahren niemals schwanger geworden. Und jetzt, obgleich sie die Pille mit militärischer Disziplin nahm, fand sie sich in einem heruntergekommenen Raum eines Krankenhauses einem alten Drachen gegenüber wieder, der sie überzeugen wollte, von einer Abtreibung abzusehen, und der sie nun, da er begriffen hatte, dass ihm dies nicht gelingen sollte, mit augenfälligem Ekel anblickte. Offensichtlich fühlte sich die ganze Welt berechtigt, bezüglich ihrer Entscheidung eine Meinung kundtun zu dürfen. Simon T., den sie, nach ihrer Rückkehr aus Jugoslawien, aus einer Schwäche heraus angerufen hatte, damit er die Nacht mir ihr verbrächte, und dem sie dann auch noch, aus purer Dummheit, die unliebsamen Konsequenzen mitgeteilt hatte, die daraus erwachsen waren, auch er hatte sich so verhalten, als wäre sie ihm eine Erklärung schuldig.

Ist es wegen Jugoslawien? Ist es deshalb?

Diese Frage hatte Antonia zur Weißglut gebracht. Ihre Weigerung, ein Kind zu bekommen, konnte anscheinend nur krankhaft sein, also musste sie wohl irgendein x-beliebiges Trauma verschleiern, das ein Licht auf ihr unvernünftiges Verhalten warf. Doch Antonia war noch nie vernünftiger. Sie hatte es sich reiflich überlegt, sie konnte keinen einzigen Grund erkennen, warum sie diese Schwangerschaft austragen sollte. Sie machte es kurz.

Ich muss nicht mit dir darüber reden. Ich informiere dich, das ist alles. Und nicht einmal dazu bin ich gezwungen.

Er reagierte, als ob sie ihn geschlagen hätte. Er machte auf dem Absatz kehrt, nachdem er Worte ausgesprochen hatte, die endgültig waren und nutzlos dramatisch.

Antonia wurde eines Morgens im Januar 1993 im Krankenhaus aufgenommen. Der Arzt empfing sie mit einer Zuvorkommenheit, die sie nicht erwartet hätte. Der Anästhesist beugte sich über sie, wählte eine Vene aus, um seine Spritze in ihr zu versenken, und bat sie dann zu zählen. Sie brauchte Zeit, um in ihren künstlichen Schlaf zu entgleiten. Jedes Mal wenn sie die Augen öffnete, hieß eine mächtige Hand sie nach hinten kippen, um sie in eine Welt zurückzubefördern, in der undeutliche Schatten tanzten, und wieder fielen ihr die Augen zu. Sie fühlte sich als Gefangene eines äußerst unangenehmen Ortes, der irgendwo zwischen Wachen und Bewusstlosigkeit lag. Als es ihr gelang, dem zu entkommen, hatte sie einen trockenen Mund und Schmerzen im Bauch. Simon T. saß neben dem Bett, anscheinend auf dem Gipfel der Verzweiflung.

Warum ziehst du so ein Gesicht?, fragte sie mit kaum hörbarer Stimme.

Ich war da, als sie dich zurückbrachten, antwortete er. Du warst unruhig, du hast versucht zu sprechen, und du hast geweint. Es war wirklich hart.

Das ist die Narkose, sagte sie. Ich habe schlecht geträumt. Wieso wusstest du, dass der Termin heute war?

Ich habe Madeleine gefragt – und er nahm ihre Hand. Sie besaß die Kraft, ihn anzulächeln, und schlief wieder ein. Er brachte sie am Nachmittag nach Hause. Sie sah ihn erst im Sommer wieder.

Sie machte ihre Arbeit, sie ging aus, sie besuchte ihre Eltern, sie vermied es, Simon anzurufen, selbst wenn sie eine schmerzhafte Sehnsucht danach verspürte, und sie gestatte sich von Zeit zu Zeit ein Abenteuer, damit in ihrem Leben überhaupt etwas passierte.

Sie träumte nicht mehr davon, etwas anderes zu fabrizieren als Fotografien, die ebenso wenig Bestand hatten wie das Zeitungspapier, auf das sie Tag für Tag gedruckt wurden und das allabendlich, sollte es nicht dazu herhalten, den Kamin anzuzünden, gemeinsam mit den Gemüseabfällen, dem Kaffeesatz und den Zigarettenstummeln im Mülleimer landete. Sie beklagte sich nicht. Sie hatte dazu weder das Recht noch die Kraft. Nicht einmal die Lust. Denn im Grunde genommen gab es nur zwei Kategorien professioneller Fotografien, solche, die nicht hätten existieren dürfen, und solche, die nichts anderes verdienten, als im Orkus zu verschwinden, sodass die Fotografie als solche ganz offensichtlich nicht zu rechtfertigen war, da aber Antonia nun mal das Fotografieren zu ihrem Beruf erkoren hatte und zu nichts anderem fähig war, musste sie sich wohl oder übel einer der beiden Kategorien widmen. Sie widmete sich also der zweiten, was sie auch akzeptierte, aber nicht etwa als freie Wahl, sondern als Verneigung vor der indiskutablen Autorität einer Tatsache.

Im August 1993 ließ der historische Kanal der FLNC im Verlauf einer öffentlichen Versammlung in Corte ein Kommuniqué verlesen, in dessen Verlauf man sich zu der im Juni erfolgten Ermordung eines oppositionellen Militanten aus den eigenen Reihen im Namen des doch recht merkwürdigen Konzeptes der *legitimen vorbeugenden Verteidigung* bekannte. Als der auf der Rednerbühne stehende Verantwortliche seine Verlesung beendet hatte, begann die unterm Zirkuszelt versammelte Menschenmenge zu applaudieren. Antonia machte mit erhobener Hand Fotos, die enthusiastischen Gesichter vereinten sich im Freudentaumel. Sie dachte darüber nach, dass es interessant wäre, jemanden zu fotografieren, der im allgemeinen Jubel nicht applaudierte. Aber abgesehen von den Journalisten, die, wie sie, über das Ereignis berichteten, fand sich niemand. Sie nahm die Straße zurück nach Ajaccio. Sie hörte beim Fahren Musik. Sie entkam erst der seelischen und intellektuellen Ohnmacht, in der sie sich seit Monaten befand, als sie den Col de Vizzavona erreichte. Sie begriff endlich das Ausmaß dessen, was sich soeben ereignet hatte, und sie musste am Straßenrand haltmachen. Sie sah noch einmal das feuchte und warme Fleisch der erhobenen Hände, wie sie sich immer rasanter bewegten, eine gegen die andere, immer frenetischer, im dumpfen Lärm – und in ihr stiegen zugleich andere Bilder von Händen auf, von Händen, die der Tod und die Kälte hatten starr werden lassen und deren schmutzige Finger blütenförmig um das bläuliche Stigma herum geöffnet waren – sie sah die glänzenden Augen wieder, die angespannten Körper, die Ekstase dieser vom Glauben verklärten Leute, einhellig glücklich darüber, nur ein Einziger zu sein und zur selben Zeit vom selben sinnlichen Schauder der totalen Zustimmung zur Tötung, von derselben Bewunderung der Mörder durchzuckt zu werden, und Antonia fühlte sich beschmutzt davon, mit ihnen überhaupt in Kontakt gekommen zu sein, so, als wäre sie gezwungen worden, in eine Klärgrube zu springen, und sie verspürte jäh das Gefühl, kotzen zu müssen. Das ist auch Sünde, hätte ihr Pate gewiss gesagt, was anderes wusste er nicht zu sagen, und sie wollte losbrüllen, um ihm zu antworten, ja, das auch, wenn du unbedingt willst, aber das Schlimmste, das Allerwiderwärtigste ist der Glaube, der ihre wie der deine. Von diesem Augenblick an war sie davon überzeugt, dass die Dinge schiefgehen werden und nur, auch dieses Mal wieder, böse enden können, sehr böse, ohne dass sie ahnen konnte, wie, und sie dachte, zum ersten Mal, mit einem Schreck bar jeglicher Herablassung an die Zukunft ihrer Insel, da man von Orten, wo Bekenneraussagen zu Morden Applaus erhalten, nur das Schlimmste erwarten kann.

In Ajaccio angekommen ging sie in die Redaktion, um die Fotos von scheinbar vollkommen unschuldig wirkenden Leuten zu entwickeln, die lächelnd applaudierten und bei denen allein sie erkannte, wie grauenhaft sie waren. Es war wirklich ausweglos: Ihre Fotos litten stets an einem Übermaß oder Defizit an Bedeutung.

Sie rief Simon T. an. Ihn zu sehen, war ihr ein Bedürfnis. Sie erzählte ihm, was geschehen war, aber er wusste bereits Bescheid.

Das Schlimmste daran ist, sagte sie zu ihm, dass ihr an deren Stelle ebenfalls applaudiert hättet, ihr alle, so, wie ihr seid. Aber sie fügte hinzu: nein, nicht alle. Du, Simon, ich glaube, du hättest nicht applaudiert, ich bin mir nicht sicher, aber ich glaube es – und das war wahrscheinlich das größte Kompliment, das sie ihm je gemacht hatte, vielleicht sogar das einzige.

Es ist zumindest das einzige, an das er sich erinnert.

Umarm mich, sagte sie, mach, dass ich nicht mehr daran denken muss.

Hatte sie recht? Hätte er nicht applaudiert? Als die Dinge, zwei Jahre später, tatsächlich böse endeten, was hatte er da anderes getan, als ohne die geringste innere Empörung den stupiden Krieg zu akzeptieren, der, nach jahrelangem Heranreifen, schließlich ausgebrochen war? Er protestierte nicht, er unternahm keinen Versuch, die Dinge zu regeln, nicht, weil die Dinge ganz offensichtlich nicht geregelt werden konnten und er sich seiner Machtlosigkeit bewusst gewesen wäre, sondern weil er ganz einfach nicht daran dachte. Waren es Angst und Verzweiflung, die ihn davon abhielten zu denken, oder war es die tiefe Zustimmung, die er damals dem Ablauf der Ereignisse trotz aller Angst und Verzweiflung zuschrieb? Als Xavier S. ankündigte, dass er die Bewegung verlassen würde, weil es für ihn außer Frage stand, dass er sich an so etwas beteiligte, da dachte Simon nicht, dass er am Ende vielleicht doch nicht so dumm war, wie er aussah, im Gegenteil, er war wütend auf ihn, und er war sogar kurz davor, ihm seine Feigheit öffentlich vorzuwerfen. Und doch hat er selbst über so viele Monate hinweg unglaublich viel Angst gehabt. Er hatte so häufig fliehen wollen. Während des furchtbaren Sommers 1995 schlug er mit einem riesigen Bluterguss bei Antonia auf. Er war wie immer in der Bäckerei sein Brot kaufen. Er hatte gerade erst die beiden Baguettes bezahlt, die er unterm Arm hielt, und war auf die Eingangstür zugegangen, als ihm auffiel, dass alle Blicke auf ihn gerichtet waren, so, als hätten sie ihm aufgelauert, er verstand gar nicht, warum, es war vollkommen ungewöhnlich, er versuchte herauszufinden, von wo um ihn herum eine Bedrohung herrühren mochte, die sich allem Anschein nach nur seinem Auge entzog. Die Gesichter der Kunden drückten eine furchtverzehrte Verwunderung aus, die ihm Angst eingejagte, er blickte sie an, ohne etwas zu verstehen, was machen Sie denn da?, fragte jemand, und da führte er seine Hand zur Pistole und hörte plötzlich ungeheuren Lärm, und um ihn herum wurde alles schwarz, er verstand nur, dass er am Boden lag, das war's also, dachte er, man hat auf mich geschossen, ich werde hier krepieren, aber er war quicklebendig, und als er sich wieder fassen konnte, begriff er, dass er, anstatt zum Ausgang gegangen zu sein, gradewegs auf das große Glasfenster zugesteuert war, gegen das er mit voller Wucht geprallt sein musste, mit dem Kopf voran, ohne irgendeinen Versuch, den Aufprall abzumildern. Er blieb, völlig belämmert, einen Augenblick lang sitzen, neben den zu Boden gefallenen Baguettes und der Pistole. Normalerweise ziehen Missgeschicke dieser Art allgemeines Gelächter nach sich, aber niemand hatte gelacht, und als er Antonia diese Geschichte erzählte, da lachte auch sie nicht, denn sie wusste, dass es ganz und gar nicht lustig war.

Haben sie denn nicht alle in tiefster Erniedrigung gelebt?

Auch wenn er an Gott glaubt, so würde Simon T. doch nicht aufstehen, um die heilige Kommunion zu empfangen. Im Mittelgang der Kirche gehen grade einmal fünf Personen um den Sarg herum und bewegen sich auf den Priester zu, der sie, den Kelch in der Hand, erwartet, fünf alte Frauen sind es, unter ihnen Damienne T., Simons Mutter. Sie schließt die Augen und hebt das Gesicht zu Antonias Paten, der ihr die Hostie auf die Zunge legt. *Leib Christi.*

Simon bezweifelt nicht, dass seine Mutter diesen, ohne sich der Blasphemie schuldig zu machen, empfangen kann.

Der Chor singt: *Und das ewige Licht leuchte ihnen, oh Herr*, aber es ist doch nur das Licht im August 1993, das Simon aufwachen ließ, während Antonia schon angezogen und bereit war zu gehen. Sie setzte sich zu ihm und fuhr ihm mit der Hand durchs Haar. Meinst du wirklich, dass ich nicht applaudiert hätte? Ja, antwortete sie. Aber ich bin mir nicht sicher. Sie küsste ihn. Schließ die Tür ab und wirf die Schlüssel in den Briefkasten. Sie ging arbeiten. Die Bekenneraussage des historischen Kanals hatte Empörung provoziert und auch Unterstützerreaktionen, kaum aber waren zwei Wochen vergangen, erinnerte sich natürlich niemand mehr an Erstere oder Letztere. Antonia machte sich keine Illusionen. Sie wusste, dass man nichts anderes erwarten konnte als den gewöhnlichen Triumph der Apathie, sie mochte es jedoch nicht mehr ertragen. In den folgenden Monaten fiel sie selbst in ihre Routine zurück. Sie stellte sich manchmal vor, dass letzten Endes nichts in einer kollektiven Tragödie enden würde. Die Dinge würden ganz einfach so verabscheuenswürdig bleiben, wie sie es schon waren. Aber sie fühlte, dass sie sich irrte, dass das Ganze nur eine Frage der Zeit war.

Sie hörte nicht auf, nach der Veröffentlichung jener Fotos zu schielen, die nicht existieren dürften, von denen sie aber doch den Blick nicht abwenden konnte. In diesem Jahr bekam ein südafrikanischer Fotograf, Kevin C., den Pulitzerpreis für eines von ihnen. Man sieht darauf ein Kind, wie es, der Bauch aufgebläht, die Gliedmaßen bis auf die Knochen abgemagert, völlig ermattet am Boden liegt, und, direkt hinter ihm, einen Aasgeier, der es mit seinen leeren Augen fixiert. Es erschienen kurz darauf Fotomontagen, auf denen der Kopf von Kevin C. den des Geiers ersetzte. Empörte gute Seelen warfen ihm vor, den Auslöser betätigt, anstatt das Kind gerettet zu haben. Ob das Foto nun obszön war, stand für Antonia gar nicht zur Debatte, wie es auch für Kevin C. selbst nicht zur

Debatte gestanden haben dürfte, was wohl auch der Grund gewesen sein mochte, warum er es aufgenommen hatte, denn niemand sollte vorgeben können, nichts von der Obszönität der Welt zu wissen, in der zu leben man sich abgefunden hat. Was Kevin C. betrifft, so hatte er sich nicht besonders lange damit abgefunden. Vielleicht ertrug er es nicht mehr, der Medusa so häufig ins Antlitz geblickt zu haben. Im Juli 1994, er war dreiunddreißig Jahre alt, befestigte er einen Gummischlauch am Auspuff seines Wagens und führte dessen anderes Ende ins Wageninnere, wo er Platz genommen hatte. Er hinterließ einen merkwürdigen Abschiedsbrief, in dem von Depression die Rede war, von Schulden, von Unterhaltspflicht, von Gemetzeln, sterbenden Kindern und schließlich auch von einem befreundeten Fotografen, der im April durch Schüsse in einem Township ermordet worden war, und den er im ewigen Licht wiederzusehen hoffte.

Antonia zeigte das Foto ihrem Paten, dessen unerträgliche Engeltümelei ihr wie eine besonders perverse Form der Zustimmung zur Obszönität der Welt erschien.

Mein Gott!, sagte er.

Dann: Was soll ich dazu sagen?

Nichts, antwortete sie. Da gibt es nichts, was du sagen könntest.

Und dennoch, 1995, als sie es inzwischen leid war, einen Tatort nach dem anderen aufzusuchen, um für die Zeitung die Buchhaltung der Toten zu führen, war er der Einzige, der nicht mit verständnisvoller und vielleicht sogar von heimlicher Freude geprägter Ergebenheit reagierte – hatte Antonia doch damals den Eindruck, die gesamte Insel würde vor frenetischem Applaus nur so dröhnen. Sie nahm in einem Dorf aus der Gegend an der Beerdigung eines Militanten teil, dem vierten oder fünften Opfer des inzwischen offen ausgetragenen Krieges zwischen den Militanten. Ihr Pate feierte die Messe und segnete den Sarg vor der Kirche. Kaum war er damit fertig, tauchten vier vermummte Typen aus der

Macchia auf, verlasen einen Text und verschossen drei Salven in Habachtstellung, bevor sie wieder verschwanden. Antonia hatte die Szene natürlich fotografiert. Ihr Pate kam auf sie zu. Er wirkte empört.

Warst du darüber informiert, dass sich das hier abspielen würde?

Nicht wirklich, antwortete sie. Aber ich habe es geahnt, es lag ja wohl nahe.

Er ging auf eine Gruppe Militanter zu und begann, sie mit Worten anzupöbeln, die Antonia nur zu Hälfte verstand, deren Heftigkeit jedoch keinen Zweifel aufkommen ließ. Sie trat näher. Die Militanten schienen zu bedauern, dass er nicht eingeweiht worden war, aber ihren Paten konnte nichts beruhigen, zum Glück habt ihr mich nicht eingeweiht!, ich hätte niemals akzeptiert, dass ihr diesen Zirkus vor der Kirche abzieht!, und der Begriff »Zirkus«, der in diesem Kontext nur pejorativ verstanden werden konnte, stieß natürlich einem Militanten auf, der ihm heftig widersprach und von Ehre redete, die es zu erweisen galt, aber Antonias Pate schnitt ihm das Wort mit verschärfter Vehemenz ab, ach, ja, Ehre? Was für Ehre? Findet ihr, dass es da was zu ehren gibt? Weinen solltet ihr, vor Traurigkeit weinen, vor Traurigkeit und Scham, denn, glaubt mir, bei alldem gibt es nichts, worauf man stolz sein könnte! Der Militante versuchte aufzumucken und hatte das Pech, seiner Aussage eine hypothetische Wendung zu verleihen, die so sehr als Drohung verstanden werden konnte, dass Antonias Onkel auf ihn zuging und eine Geste andeutete, von der nicht sicher zu sagen war, ob sie nun gewaltsam erschien oder nicht, von der Gemeinde aber als ausreichend zweideutig verstanden wurde, sodass Antonia »Mein Onkel!« schrie und zwei Männer sich zwischen den Priester und die Gruppe der Militanten wie zwischen zwei Betrunkene stellten, die entschlossen waren, sich auf einem Dorffest zu prügeln. Antonia konnte trotz all ihrer Bemühungen nicht verhindern, dass der Vorfall in der Zeitung Erwähnung fand, zwar mit allem erforderlichen Feingefühl, gewiss, doch der Bischof, vorausgesetzt, er war noch nicht von anderen Stimmen benachrichtigt worden, hatte zwischen den Zeilen zu lesen gelernt und rief Antonias Paten zu sich, der höchst bußfertig vor ihn trat und sich stammelnd mit irgendetwas wie »Jesus und die Händler im Tempel« verteidigte.

Sie sind, zufälligerweise, nicht gerade dabei, sich mit unserem Herrn Jesus Christus zu vergleichen?, fragte der Bischof in leicht missbilligendem Ton.

Antonias Pate bestritt dies natürlich und beichtete, dass er sich von seinem ungerechtfertigten Zorn, den er sich selbst nicht verzeihen würde, habe mitreißen lassen.

Der Bischof wurde milder.

Wir alle durchleben schwierige Zeiten. Vielleicht aber sind für Sie diese noch schwieriger wegen Ihrer so alten und besonderen Nähe zu Ihren Gemeindemitgliedern. Doch gerade weil diese Zeiten schwierige sind, müssen wir präsenter sein denn je und das Wort Gottes verkünden, das das Wort des Friedens ist.

Ich weiß, antwortete Antonias Pate.

Sie sind Priester, rief ihm der Bischof in Erinnerung.

Ich weiß, sagte Antonias Pate. Ich werde es nicht mehr vergessen.

Doch dann, vier Jahre später, im Juni 1999, war er es, der um eine neue Begegnung ersuchte.

Monsignore, sagte er mit flehender Stimme, ich kann hier nicht länger bleiben, ich habe es versucht, Gott ist mein Zeuge, aber ich flehe Sie an, mir eine andere Gemeinde anzuvertrauen, irgendwo auf dem Kontinent. Ich kann einfach nicht mehr.

Er hatte gerade erst die Trauerfeier von Pascal B. zelebriert, der ermordet worden war, obwohl er alle politischen Aktivitäten aufgegeben und inzwischen ein kleines Fischrestaurant in der Stadt geführt hatte, ein Geschäft, bei dem man sich nicht vorstellen konnte, dass es Begehrlichkeiten weckte, weshalb sein Tod rätselhaft bleiben musste, denn zu jener Zeit glaubte niemand mehr, dass ihm irgendetwas widerfahren würde, weder Xavier S. noch Jean-Joseph C. noch Simon T. und auch nicht Antonia, und auch niemand von all jenen, die ihr Pate einst als Kinder gekannt hatte, Tango tanzend, Get 27 trinkend, den sie dann mitleiderregend ins Schilf erbrachen, und die sich nun, vor lauter Schmerz verblüfft, um den Sarg dessen versammelt hatten, den er ebenfalls als Kind gekannt hatte und von dem er so sehr befürchtet hatte, dass er seine Patentochter unglücklich machen würde, was von diesem Augenblick an und für immer unmöglich geworden war. Antonias Pate ging, das Weihrauchfass in der Hand, um den Sarg herum und dachte bei sich, dass er niemals mehr jemanden zu Grabe tragen wolle, den er schon als Kind gekannt habe. Würde er bleiben, so müsste er es doch wieder tun. Denn nichts änderte sich, nichts hörte auf, nichts fing an. Es glich einem Virus, einer Art unausrottbarer Malaria, die sich mit unregelmäßigen, heftigen, manchmal tödlichen Fieberschüben zeigte und die in Zeiten des Nachlassens schlicht und einfach verborgen blieb und darauf wartete, wieder auszubrechen und neue Opfer in Momenten davonzutragen, in denen diese wähnten, geheilt zu sein. Pascal B. fühlte sich gewiss schon sehr lange geheilt, wahrscheinlich seit Ende des Jahres 1996, als er seine Freunde zusammengerufen hatte, um ihnen zu verkünden, für mich ist es aus, es ist vorbei, und sich dabei weigerte, ihnen die Gründe für seine Entscheidung zu nennen, von der niemand sich vorstellen konnte, dass sie der Angst geschuldet gewesen wäre, und Simon T. war sich sicher, dass Pascal B. etwas entdeckt haben mochte, was seine moralische Integrität so sehr verletzte, dass ihn dies, ohne zu zögern einen Schlussstrich unter ein Leben voller Gefahren und Opfer hatte ziehen lassen, was er aber aus Loyalität oder vor lauter Scham unmöglich benennen konnte, und Simon T. hatte ein solches Vertrauen in ihn, dass er seinerseits sagte, für mich ist es auch aus, vorbei. Macht, was ihr wollt, fügte Pascal B. hinzu, ihr seid frei. Ich bitte euch um nichts. Ihr schuldet mir nichts. Es tut mir leid, dass ich euch in diese Scheiße geritten habe, und damit verließ er die Versammlung, gefolgt von Simon T., zu dem er noch mit einer vor lauter Gewissensbissen gebrochenen Stimme sagte, das ist unsere Schuld, all das, das haben wir fabriziert, womit er beinahe Wort für Wort den Vorwurf auf seinem Konto verbuchte, den ihm Antonia gemacht hatte, nachdem an zwei aufeinanderfolgenden Tagen, dem 30. und 31. August 1995, drei Männer abgeschlachtet worden waren. Unter ihnen Pierre A., der auf dem Bürgersteig im Zentrum von Bastia niedergestreckt dagelegen hatte und den Antonia vor ihrem inneren Auge wiedersah, jung und lebendig, erhoben in der Box, während des Prozesses in Lyon, und diese beiden Bilder, sie waren unlösbar miteinander verbunden, wenn es auch nicht möglich war, sich den Weg vorzustellen, der vom einem zum anderen führte. Antonia empfand einen Schock, der sie bis ins Mark traf. Sie ging ins Dorf, wo sie Pascal B. zermürbt vor lauter Traurigkeit antraf, aber seine Traurigkeit war ihr herzlich egal, da es nunmal seine Schuld sei, seine und die von seinesgleichen, ihre dummen Masken, ihre Pressekonferenzen und ihre Waffen und ihre ganze beschissene Mythologie seien schuld daran, dass dieses ganze Land inzwischen die Mörder kultisch verehre, es sei ihre Schuld, dass die pure Fähigkeit zu töten zum einzigen Richtmaß des menschlichen Wertes mutiert sei, und als Pascal B., die Augen voller Tränen, zu ihr sagte, dass dies doch schon immer so gewesen sei, schrie sie, das ist keine Entschuldigung, euretwegen ist es nur noch schlimmer geworden, und jetzt habt ihr die Apotheose, ihr habt es endlich geschafft, euch gegenseitig abzuschlachten, wie ihr es euch über Jahre erträumt habt, im Grunde müsstet ihr alle sogar glücklich sein, jetzt endlich die Gelegenheit zu haben, morden und sterben zu können wie Männer, denn ein Mann zu sein, das ist für euch genau das, ihr könnt euch nicht einmal vorstellen, dass es was anderes sein könnte, na, viel Spaß dabei, und wenn ihr die Einzigen wäret, die davon betroffen sind, wäre es mir scheißegal, aber ihr seid nicht die Einzigen, ihr steckt uns an, ihr verderbt uns alle, schrie sie, alle Welt habe die Schüsse gehört, aber es seien nicht nur Schallwellen, die sich da ausbreiteten, nein, sondern toxische Strahlungen, mit jedem einzelnen Schuss, Strahlungen, die die Körper und Seelen zerstörten und die Luft vergifteten, die alle Welt einatmen musste, und somit eine Gott weiß was für monströse Mutation in der Zukunft vorbereiteten, und jedes Mal, wenn Antonia sich an einen Tatort begaben habe, hätte sie sich der radioaktiven Quelle gefährlich genähert, die sie alle verseuchte, sie habe es körperlich spüren können, und an alldem seid ihr schuld, und Pascal B. hatte dann seinerseits geschrien, meinst du, ich wüsste das nicht? Meinst du, ich würde nicht am liebsten alles noch einmal ganz anders angehen? Meinst du, ich weiß es nicht? Kennst du mich denn so schlecht? Antonias Zorn legte sich schlagartig. Es stimmt nicht, dass es mir scheißegal ist, sagte sie. Ich will nicht, dass man dich umbringt.

Aber schließlich hatte man ihn umgebracht – und beinahe vor Antonias Augen.

Im Juni 1999 waren inzwischen zwei Jahre vergangen, seit sie gekündigt und Ajaccio verlassen hatte, um sich wieder in der Gegend niederzulassen, wo sie geboren worden war. Sie hatte ein kleines Geschäft eröffnet, in dessen Vitrine Hochzeitsfotos ausgestellt waren, und eine kleine Wohnung in der Nähe des Hafens gemietet. Im Fernseher sah sie seit zwei Monaten, wie Flugzeuge der NATO jenes Land bombardierten, das, für noch vier weitere Jahre, den Namen Jugoslawien trug. Tagtäglich gingen in Belgrad Demonstranten auf die Straße, eine Zielscheibe aus Papier auf ihre Brust genäht, und das Denkmal für Frankreich war inzwischen mit einem schwarzen Tuch verhängt. Antonia hätte gern gewusst, wie es Jelica ging, aber ihr wurde klar, dass sie nicht einmal ihren Familiennamen kannte. Es wäre wahrscheinlich viel einfacher gewesen, Dragan wiederzufinden. Sie versuchte es aber nicht einmal. Sie hatte Angst, dass weder die eine noch der andere Lust haben mochte, mir ihr zu reden. Was hätte sie ihnen auch sagen können? Sie konnte nur hoffen, dass ihnen nichts zugestoßen war. An jenem Tag, um fünf Uhr, sollte sie Pascal B. treffen, in seinem Restaurant, wo er eine Bestellung in Empfang nehmen sollte. Es ist lange her, dass wir ein wenig Zeit miteinander verbracht haben, hatte er zu ihr gesagt. Wenn du willst, können wir in Bonifacio essen gehen, oder oben in den Bergen, wenn dir das lieber ist. Sie ging auf das Restaurant zu, als sie plötzlich Detonationen vernahm, die ihr so vertraut waren, dass sie gar nicht erst über deren exakte Natur nachdenken musste. Sie rannte los, und während sie rannte, war es ihr bereits klar. Sie betrat das Restaurant weniger als zwei Minuten später. Der Raum war voller Kisten mit Nahrungsmitteln, auf dem Tresen der Bar befand sich ein aufgeschlagenes Rechnungsbuch, dessen Seiten blutverschmiert waren. Pascal B. lag auf dem Rücken. Ein junger Mann, über ihn gebeugt, versuchte sich an einer Herzmassage. Er war von seiner Aufgabe so in Anspruch genommen, dass er nicht einmal den Kopf zu Antonia hob. Er ist nicht tot, dachte sie. Gott sei Dank, er ist nicht tot. Pascals rechte Hand bewegte sich, als wollte er versuchen, auf dem Boden Halt zu finden, und seine Beine zitterten leicht. Er ist nicht tot, dachte Antonia noch immer, und sie hob die Augen und sah auf dem Tresen die weißen Spuren von Hirn glänzen. Es ist vergeblich, hörte sie sich zu dem jungen Mann sagen, der sich, dieses Mal, zu ihr umdrehte. Es ist vorbei. Er sah sich um, besah seine blutüberlaufenen Hände und erhob sich langsam. Es ist vorbei, ja, murmelte er. Als man Pascal B.s Leichnam davontrug, fühlte sie, wie ihr Körper sich zu einem schmerzhaften Schwung anspannte, um sich auf ihn zu werfen und ihn in die Arme zu schließen, doch sie bewegte sich genauso wenig, als wäre sie gelähmt gewesen. Gendarmen nahmen ihre Zeugenaussage und die des jungen Mannes auf. Sie antwortete ihnen wohlüberlegt und reagierte nicht, als einer von ihnen, dem sie schon einmal begegnet war, als sie noch als Journalistin gearbeitet hatte, ihr gegenüber eine bissige Bemerkung fallen ließ, das ist wohl eine Art Berufung bei Ihnen, Tatorte zu versauen, was? Ich bin tot, dachte sie. Ich fühle gar nichts mehr.

*Das ewige Licht leuchte ihnen, o Herr,*
*Bei Deinen Heiligen in Ewigkeit: denn Du bist mild.*

Sie ging zurück nach Hause, ohne jemanden über den Tod von Pascal B. in Kenntnis zu setzen. Kaum hatte sie die Tür hinter sich zugezogen, verspürte sie gleißendes Brennen in ihren Eingeweiden, sie rannte zum Bad und riss sich beinahe die Knöpfe ihrer Jeans ab, sie hatte kaum die Zeit, sich auf die Toilette zu setzen, als die Dämme ihres Körpers brachen, der sich überall gleichzeitig entleerte, Durchfall verdrehte ihr den Bauch, Schleim floss ihr über die Lippen, und sie bemerkte, durch ihre Tränen hindurch, die sie beinahe blind machten, Spuren von Erbrochenem auf ihren nackten Hüften. Sie hockte dort lange, hin- und herwippend, die Fäuste gegen die Lider gepresst, dann schließlich riss sie sich die besudelten Kleider vom Leib und setzte sich unter die Dusche. Sie verharrte regungslos unter dem laufenden warmen Wasser, die Seife in der Hand. Waren sie nicht in Sicherheit gewesen, sie alle, seit geraumer Zeit schon? Sie hatte es geglaubt, oh, wie dumm sie doch war, es geglaubt zu haben! Sie waren alle vereint zur Hochzeit von Xavier S. und Lætitia O. gekommen, es war ein strahlendschöner Tag im Februar 1997, klar und kalt, und alles war vorbei, Antonia machte Fotos, Xavier S. stolzierte in einem grässlichen Hochzeitsanzug mit seidenen Rockaufschlägen herum, Lætitia O., im fünften Monat schwanger, ähnelte einem dicken glänzenden

Schaumgebäck, das Pärchen hatte sich an einem Badeort an der östlichen Küste niedergelassen, wo Xavier S. sich gemeinsam mit Partnern aus der Gegend um die Geschäftsführung eines angesagten Nachtclubs kümmerte, er pflegte genussvoll Umgang mit dem Jetset, mit berühmten Sängern, Moderatoren, Männern aus der Politik, die in der Gegend einen Zweitwohnsitz hatten und mit deren signierten Porträts die Wände des Clubs übersät waren. Eine Woche nach der Hochzeit hatte Antonia einen Anruf von Lætitia erhalten, die sie einlud, sie doch besuchen zu kommen. Einer ihrer berühmten Freunde wolle ihr einen Vorschlag unterbreiten. Er hatte die Fotos, die Antonia während ihrer Hochzeit gemacht hatte, gesehen, und nun, da sie im Haus von Xavier S. und Lætitia O. einen Aperitif tranken, überschüttete er sie förmlich mit überschwänglichen Elogen. Er selbst wollte Anfang April heiraten, auf Mauritius. Wenn Antonia sich einverstanden erkläre, zu kommen, um alles zu dokumentieren, wäre er bereit, auf der Stelle und vor ihren Augen den bereits angeheuerten Fotografen anzurufen, um ihn zum Teufel zu schicken. Natürlich würde er sämtliche Kosten von Antonias Reise übernehmen, und sie würde darüber hinaus für ihre Arbeit entlohnt. Er nannte eine so übertrieben hohe Summe, dass Antonia dachte, sich verhört zu haben. Sie sagte zu. Sie zahlte noch immer den Kredit zurück, den sie für ihre Reisen nach Jugoslawien hatte aufnehmen müssen. Auch die Vorstellung eines Tapetenwechsels gefiel ihr gut. Zurück in Ajaccio zog sie Erkundigungen über die gängigen Tarife von Hochzeitsfotografen ein. Lagen sie auch weit unter dem, was ihr der Freund von Xavier S. vorgeschlagen hatte, so rechnete sich Antonia doch aus, dass ihr diese, würde sie regelmäßig arbeiten, ein weitaus besseres Einkommen sicherten als ihre journalistische Arbeit. Außerdem kannte Xavier S. noch weitere Berühmtheiten, die wahrscheinlich willens waren, Hochzeiten, eine prächtiger als die andere, aneinanderzureihen, und die sie dann vielleicht auch um ihre Dienste bitten würden. Die Aussicht, einen miesen Job für einen andere aufzugeben, war gewiss nicht sehr erbaulich, aber Antonia war bereit, sich auf jede beliebige Ausgangstür zu stürzen. Die Energielosigkeit breitete sich ein weiteres Mal aus. Als wäre nichts geschehen, hängten Militante Plakate zur Unterstützung politischer Gefangener auf. Auf einem von diesen schreibt, allein am Meer, ein kleiner Junge auf Korsisch »Papa« in den Sand. In einer Sprechblase oberhalb seines Kopfes taucht das Gesicht des Vaters auf. Der Zeichner hatte ihn mit einer solchen Verbrecherfresse ausstaffiert, dass ein vernunftbegabtes Wesen nicht ohne Horrorschauer an die etwaige Befreiung eines solchen Primaten hätte denken können, sein Sohn inbegriffen. Es handelte sich noch immer um die dieselbe Rhetorik, um dasselbe Bilderbuch. Aber Antonia fühlte sich strahlenkrank. Die vorangegangenen Jahre hatten sich in ihr wie eine unauslöschliche Spur eingegraben. Sie wollte sich keinem Tatort mehr nähern müssen. Und sie konnte im Leben nur eine einzige Sache: Fotos machen. Sie reichte ihre Kündigung ein.

Sie kam in Mauritius an, wo sie der Freund von Xavier S. in einem luxuriösen Hotel am Meer empfing. Er stellte sie seiner Versprochenen und den Gästen der Hochzeit als eine selten begabte Fotografin vor. Er hatte für sie eine kleine alleinstehende Villa mit eigenem Schwimmbad gebucht. Noch nie zuvor war Antonia mit solch einem Luxus in Berührung gekommen. Sie erkundete die Gegend, sie spazierte einen Strand entlang, der in allen Punkten jenen glich, die man auf den Postkarten zu sehen bekam, und sie trank Cocktails, die von einem liebenswürdigen indischen Barkeeper gemixt wurden. Nur das Personal des Hotels ließ einen die ethnische Diversität der Insel erahnen, denn die Kundschaft setzte sich ausschließlich aus wohlhabenden Europäern zusammen, deren besondere Vulgarität Antonia immerzu in Erstaunen versetzte. Sie fotografierte die Zeremonie, den Tausch der Ringe, der mit dem Auftritt einer wogenden Gruppe kreolischer Tänzerinnen im Lendenschurz gefeiert wurde, und sie achtete darauf, von jedem einzelnen Gast ein Porträt zu machen. Die goldene Stunde des Sonnenuntergangs war natürlich den jungen Eheleuten gewidmet. Antonia fotografierte sie am Strand in zeitraubenden Posen. Sie hatte plötzlich eine groteske Idee, von der sie sich sicher war, dass diese sie begeistern würde. Sie bat sie, ihre Schuhe auszuziehen, ihr, entlang des Ufers, so nah wie möglich an den Wellen, entgegenzulaufen, und sich an die Hand zu nehmen. Der Bräutigam krempelte sich die Hosenbeine über die behaarten Waden. Sie liefen los. Antonia schlug vor, dass sie noch einmal von vorn beginnen sollten. Sie liefen wieder auf sie zu. Sie waren hochrot und verschwitzt. Wir werden das vielleicht noch drei- oder viermal machen, sagte Antonia. Ich glaube, dass das großartig wird, aber ich würde lieber auf Nummer sicher gehen. Das Licht änderte sich die ganze Zeit. Sie ließ ihre Opfer eine halbe Stunde später frei, als das Verschwinden der Sonne am Horizont ihr jeglichen Vorwand entzog, noch weitere Qualen zu erfinden. Sie schickte dem Bräutigam die Abzüge. Er rief an, um ihr wiederholt zu sagen, wie sehr er ihre Arbeit bewundere. Seine Ehefrau gesellte sich zu ihm, um ihre Dankbarkeit und Anerkennung auszudrücken. Es war vorbei, es konnte nichts Böses mehr geschehen. Oh, wie dumm sie doch gewesen war, dachte sie unter dem fließenden Wasser, wie dumm sie doch gewesen war!

Sie stieg aus der Dusche. Sie wischte auf und legte ihre Schmutzwäsche in die Waschmaschine. Sie zog ihr Festnetztelefon aus der Buchse und schaltet ihr Handy aus. Sie legte sich hin. Schläge gegen die Tür weckten sie auf. Es war sieben Uhr früh, und sie hatte einen traumlosen Schlaf gehabt, als wäre gar nichts mehr in ihr verblieben. Sie zog sich an und machte auf. Vor ihr stand ihr Pate. Meine Kleine, murmeltet er. Meine Kleine. Zum ersten Mal nach sehr langer Zeit warf sie sich ihm wieder in die Arme. Am Tag dann fuhr sie hoch ins Dorf. Sie schaute bei ihren Eltern vorbei.

Marc-Aurèle weinte in der Küche. Sie ging der Familie von Pascal B. ihr Beileid aussprechen. Der Tag der Beerdigung stand noch nicht fest. Man würde ihnen den Leichnam nach der Autopsie übergeben. Alle Kindheitsfreunde von Antonia waren da, saßen auf Stühlen, die entlang der Wände des Wohnzimmers aufgereiht standen, das im Halbdunkel lag. Sie ging weg, in Begleitung von Simon T. Sie liefen zusammen durch die Straßen des Dorfes. Hätte sie nicht abgetrieben, wäre ihr Kind inzwischen beinahe sechs Jahre alt und liefe an ihrer Seite an der Hand. Das war das erste Mal, das ihr ein solches Bild in den Sinn kam. Sie hatte recht gehabt zu verhindern, dass dieses Kind geboren wurde. Selbst heute, meinst du nicht, dass ich recht hatte?, hätte sie Simon beinahe gefragt, aber sie biss sich auf die Zunge, um ihn nicht zu verletzen. Sie stellte eine andere Frage. Hast du nicht Lust, unten in der Stadt essen zu gehen? Ich kann nicht mehr. Er bejahte. Sie tranken am Hafen ein Glas und gingen in ein Restaurant. Sie aßen auf einer das Meer überragenden Terrasse.

Ich habe das Gefühl, tot zu sein, sagte Antonia.

Du bist nicht tot, sagte Simon.

Sie zuckte mit den Schultern und fuhr sich mit der Hand übers Gesicht. Er sah sie mit unendlichem Mitleid an. Er hätte alles getan, um sie aus ihrem Leid zu reißen. Er nahm ihre Hand, die sie, vollkommen schlaff, in der seinen beließ.

Möchtest du, dass ich heute Nacht bei dir bleibe?, fragte er sie und sah, wie sich ihre Augen mit Tränen füllten, während sie ihm die Hand drückte.

Ja, sagte sie. Bitte, bleib bei mir.

12

# Totengebet: *Libera me*

(FREMDENLEGIONÄR
AN EINEM STRAND VON CALVI,
2003)

*Rette mich, Herr, vor dem ewigen Tod,*
und er hört jetzt, dass es tatsächlich Antonias Stimme ist, die zum letzten Mal in der Kirche erschallt, der Gesang dringt aus ihrem gebrochenen Kiefer hervor, sie ist wieder ein kleines Kind, sie steht etwas Übermächtigem gegenüber, etwas, das sie nicht versteht und das ihr Angst macht, etwas, vor dem sie nicht fliehen kann,

*Zittern befällt mich und Angst,*
sagt sie, und man kann sie nicht mehr trösten wie ein Baby, das weint, wenn das kalte Wasser des Taufbeckens über seine Stirn rinnt, die liebevollen Umarmungen, das zärtliche Streicheln, die Küsse sind nutzlos, denn es existiert nichts anderes mehr auf der Welt als beißende Kälte, Angst, Einsamkeit und radikale Machtlosigkeit, hab' keine Angst, meine Kleine, würde er ihr antworten, aber sie kann es nicht vernehmen, sie ist blind und taub, sie stöhnt, er hört sie stöhnen in der tiefernsten Schönheit des Gesangs, die zugleich auch der finstre Abgrund ist, sie riecht den Duft des Weihrauchs nicht, dessen Rauchfahnen sich um den Sarg winden, während ihr Pate langsam das Weihrauchfass schwenkt und die vorgeschriebenen Worte murmelt,

*und lass mein Schreien zu Dir kommen, erlöse, Herr, ihre Seele,*
das schwere Schwingen des Weihrauchfasses verteilt den Duft, der das Fleisch, von Gott Seinem Bilde nach und Ihm ähnlich erschaffen, heiligt, trotz gebrochener Rippen und Kiefer, trotz Leblosigkeit im starren Blute, trotz Verdorbenheit, selbst wenn das armselige vor dem Altar ruhende Ding schon nicht mehr der jungen Frau gleicht, die sich wenige Tage zuvor noch auf den Straßen von Calvi vorwärtsbewegte, um Dragan zu treffen, den sie verloren wähnte und der sie erwartete, in seiner Uniform, auf der Terrasse eines Cafés am Hafen, und der sie anlächelte, als sie sich neben ihn setzte, obgleich er doch, als sie ihn das letzte Mal gesehen hatte, weinte, während er ihr zu verstehen gab, ihm nicht über die Donaubrücke folgen zu sollen, von der die Bombardierungen der NATO,

so unterrichtet er sie, nichts anderes hatten stehen lassen als starre Pfeiler in der Strömung, die die dunklen Wasser so heftig zerteilten, dass der große Fluss selbst zur Ruine mutiert zu sein schien. Junge Leute hatten gelacht, ohne dass sie begriffen hätte, warum, obwohl es eindeutig war, dass sie über Dragan lachten, boshaft lachten, um sich lustig zu machen, als hätten seine einsame Anwesenheit auf der Brücke, sein zerrissener Drillich und seine Verzweiflung etwas Lächerliches oder Urkomisches an sich gehabt, und jetzt, da sie ihn wiedergefunden hat, jetzt kann sie ihn fragen, hast du verstanden, warum die gelacht haben?, und er antwortet, ich glaube ja, aber er fügt mit einem Schulterzucken hinzu, vorausgesetzt, dass es da was zu verstehen gibt. Ich höre dir zu, sagt Antonia, nunmehr blind und taub im Sarg liegend, den vier Männer aufheben von den Böcken, bevor sie auf den Ausgang der Kirche zugehen, gefolgt vom Priester, der noch immer Gebete murmelt und an der Marienstatue vorbeigeht, blind und taub auch sie unter der verwaschenen Bemalung, während die befreite Gemeinde im plötzlichen Lärm der über die Marmorplatten knirschenden Betstühle sich ebenfalls in Bewegung setzt und bereits eine lange Schlange hinter dem Sarg bildet, der die Schwelle überquert und im blendenden Licht des Sommers plötzlich aufleuchtet. Vor dem von Blumen überquellenden Leichenwagen spricht Antonias Pate die letzten Gebete, während die Tropfen geweihten Wassers auf den Sarg fallen und den Wassern des Taufbeckens gleich zerrinnen, bevor sie in der Hitze verdunsten,

*Erlöse ihre Seele,*

wiederholt er und möchte nicht aufhören zu beten, selbst wenn er weiß, dass er sich bald zu den Seinen gesellen und für einen Moment aufhören sollte, Priester zu sein, und sich bei ihnen aufhalten müsste, an der Mauer der Kirche, unter dem grimassierenden Gesichtern der in den Stein gemeißelten Dämonen, um, ein letztes Mal, die Beileidsbekundungen in Empfang zu nehmen, während der Leichenwagen sich in Bewegung setzen und Antonia Richtung Friedhof fahren wird, wo man sie in das Familiengrab legen wird, an eine Stelle in der Finsternis, die für sie, so ganz allein, nicht vorgesehen war,

*Zittern befällt mich und Angst,*

hört er sie stöhnen,

*an jenem Tag des Schreckens,*

dessen Ankunft nicht länger verdrängt werden kann,

*wo Himmel und Erde wanken,*

und er wendet sich ab von Antonia, die man von ihm fortträgt, während er den Sängern dankt und bei den Seinen, an der Mauer der Kirche, seinen Platz einnimmt, wo es noch einmal die Anwesenheit dieser Leute zu ertragen gilt, die ihn bereits zigmal im Verlauf des Tages geküsst haben, sich aber dennoch vorbeugen, um ihm ein weiteres Mal zu küssen, und dabei manchmal ihren Namen nennen, ihr Geburtsdorf oder ihren Verwandtschaftsgrad, bevor sie voller Sorge fragen, erkennst du mich noch?, und sich erst erleichtert fühlen, wenn er geantwortet hat, ja, natürlich, ich erkenne dich, obgleich er durch die unaufhörliche Brandung der Beileidsbekundungen wankt und sein Blick vom brennenden Schweiß vernebelt ist, der ihm über die Wimpern fließt, und er so offensichtlich niemanden mehr erkennt, nicht einmal jene, die er hat aufwachsen sehen, Jean-Jospeh C., Madeleine und Lætitia O., Xavier S., bei denen er mechanisch den Kuss erwidert, ohne sich etwa zu fragen, wer sie wohl seien, denn er möchte niemanden wiedererkennen bis auf Damienne T., die plötzlich vor ihm steht, ohne etwas zu sagen, und ihm nur ihre beiden Arme um den Hals legt und verschwindet, ohne ihm die Zeit zu lassen, sich bei ihr zu bedanken, um einem weiteren feuchten und rührseligen Unbekannten Platz zu machen, der sich, seine Aufgabe einmal erfüllt, ins Abseits begibt, um mit seinen Freunden lachend eine Zigarette zu rauchen. Er hört Lachen, und das Lachen verletzt ihn wider seinen Willen, was ist nur aus mir geworden?, fragt er sich, denn er liebte es doch sonst, die Fortdauer des Lebens auf die Andacht der Trauer treffen zu spüren, die unbekümmerte Unbeholfenheit des Lebens, er liebte das Geräusch heiterer Unterhaltungen, selbst auf der Schwelle der Kirche, und nie hatte er sich von der Arglosigkeit eines Lachens gekränkt gefühlt. Warum ist er heute nicht fähig, es als arglos zu empfinden? Sie werden lachen, denkt er,

*da Du kommst, die Welt durch Feuer zu richten,*

selbst da, an diesem Tag, werden einige von ihnen hell auflachen in bösem Gelächter, bei dem es möglicherweise nichts zu verstehen gibt, aber was macht das schon, im Grunde, was macht das schon, es ist dieses Lachen, weswegen ich dieses Land verlassen wollte, das seinen Namen zu häufig ändert, sagt Dragan, ich konnte es nicht mehr ertragen, denn es schien, als sei das gesamte Land plötzlich vom gleichen Lachen erschüttert, ein freudloses, krampfhaftes, unsagbar ansteckendes Lachen, das man überall vernahm, auf den Straßen, bei den Familienmahlzeiten, in den Alkoven und den Büroräumen der Verwaltung, wo Beamte dich stundenlang warten ließen und dabei in Lachen ausbrachen, und wenn sie dich schließlich doch drannahmen, dann nur, um dir ins Gesicht zu lachen, wenn du meintest, irgendwelche Ansprüche zu haben, wie sie auch den Alten ins Gesicht lachten, die kamen, um ihre Pension einzufordern, da jede Form von Verzweiflung urkomisch geworden war, sie lachten, ihre Gesichter zu Grimassen verzogen, starr wie Masken, und hielten sich dabei die Seiten, und dann, eines Tages, tauchte ein Fremdenlegionär in der Stadt auf, um all denen ein Gegenmittel anzubieten, die an diesem furchtbaren Fieber litten, das die Nostalgie des Krieges ist und von dem man sich nur sehr schwer erholen kann, weil es unendlich viel einfacher ist, in den Krieg zu ziehen, als ihn zu verlassen, und der ist durch Serbien gezogen, er selbst ein Serbe, ein Typ aus Niš, Dragan erinnert sich sehr gut daran, er lachte nicht, als er sie empfing, ihn und drei seiner kurz zuvor erst demobilisierten Freunde, er bat sie sehr höflich, sich doch zu setzen, bevor er sie dann fragte, ob es ihnen schon einmal widerfahren sei, jemanden bei lebendigem Leibe verbrannt zu haben, und da sie alle, ein wenig überrascht, verneinten, fragte er sie, ob sie bereit wären, es zu tun, und auf ein längeres Schweigen hin antwortete ein Freund von Dragan, wenn man auf diese Weise von hier wegkommt, kann ich gern sofort damit beginnen, am liebsten mit einem Beamten, und der Typ aus Niš lachte, aber ein gutes, direktes Lachen, wie man bei einem guten Witz lacht, im Übrigen war die Frage selbst ein Witz, eine ein wenig brutale und sicherlich fragwürdige Weise, ihre Motivation herauszufinden, aber wir alle waren ja motiviert, sagt Dragan, so motiviert, dass die Antwort meines Freundes, so glaube ich, vollkommen ernst gemeint war, und so fand ich mich drei Monate später in Frankreich wieder, gemeinsam mit Freiwilligen aus der ganzen Welt, vor allem aber aus Osteuropa, Ukrainer, Polen, Rumänen, andere Serben und, natürlich, Kroaten, an deren Seite es nun zu laufen und zu robben galt, die körperlichen Leiden aber machten sie beinahe glücklich, und Dragan, seine weiße Mütze entgegennehmend, war froh, ein Land hinter sich gelassen zu haben, in das er, so hatte er sich geschworen, niemals mehr einen Fuß setzen wollte, zumindest so lange nicht, wie es diesem nicht hinnehmbaren Lachen ausgesetzt blieb, es gab so viele andere Länder, in die er von nun an mit dem 2e REP gehen konnte, fremde und ferne Länder in Afrika, und dort in die Wüsten und Wälder, in die Nähe anderer Ufer, wo sich die Wellen in einer Schaumkrone an den Korallenriffen brachen, ich musste nur noch ein wenig warten, um zu erfahren, wohin man mich schicken sollte, sagt Dragan, der nun, eine Zigarette rauchend, ein Bier in der Hand, die Füße im Sand vergraben, auf der Kante der Terrasse einer Strohhütte am Strand sitzt, während die Wellen sich an nichts brechen, sondern sanft in der nächtlichen Hitze dahinplätschern. Das Licht einer Lampe erhellt sein Gesicht ebenso wie die Hand, die das Bier hält, und hinter ihm erstrahlen die Mauern der

Zitadelle. Ich werde noch einmal ein Foto von dir schießen, sagt Antonia, und Dragan macht, an der Zigarette ziehend, ein vages Zeichen mit der Hand. Antonia ist sich nicht sicher, ob das Licht reichen wird, aber sie drückt dennoch ab und denkt im Stillen, dass sie zum ersten Mal seit Jahren diese Geste vollführt, weil sie ganz einfach Lust dazu hat, und als ihre Eltern den Film entwickeln lassen, um die Fotos den Familien der Brautleute aus Calvi zukommen zu lassen, werden sie nach den Eheringen, den Schleiern und Manschettenknöpfen, den weißen Spitzen, den Gästen eines Festmahls und einem erschöpften Pärchen, das endlos am Strand herumrennt, das Porträt eines Fremdenlegionärs auftauchen sehen, den sie nicht kennen und von dem sie nie etwas in Erfahrung bringen werden. Hätte Antonia das Foto sehen können, wäre sie trotz seiner technischen Unvollkommenheit vielleicht zufrieden gewesen. Aus der Finsternis dringen nur vier Lichtpunkte hervor: eine Seite von Dragans Gesicht, seine Finger auf dem Etikett der Bierflasche, das winzige Glühen der Zigarette, und, weiter hinten, die wie ein fahler Stern über einem unsichtbaren Meer schwebende Zitadelle. Vielleicht hätte sie geurteilt, dass es ihr endlich gelungen war, die Schlichtheit jener Fotografien zu erreichen, die sie so sehr berührt hatten, als sie noch ein Kind war, die Familienporträts, die Polaroids, die Passbilder, die in vergilbten Umschlägen aufbewahrt oder auf den Grabsteinen befestigt wurden und die, ausnahmslos, in ihrer unerbittlichen Unschuld alle dasselbe besagen, die Menschen haben gelebt, aber nun war der Tod eingetreten, in Wirklichkeit jedoch war der Tod bereits in dem Augenblick eingetreten, als eine anonyme Hand den Auslöser im Gebäude der Lubjanka betätigte, in den Gefängnissen von Phnom Penh oder, in noch weiterer Ferne, in einer Wohnung in Santiago de Chile, wo die Sonne im Gegenlicht das Gesicht einer lächelnden Studentin erhellt, die in ihren Händen das Lederetui eines Fotoapparats hält, der keine andere Grabstätte birgt als dieses Porträt, und vielleicht hätte Antonia denken können, dass all diese Abzüge, deren Schöpferin zu sein sie so sehr beschämte, die Pétanque-Spieler, die Festkomitees, die Misswahlen oder die jungen Leute, die vermummt in der Macchia posierten, ihr Gewehr in der Hand, unter den Fahnen mit dem Maurenkopf, im Grunde alle dasselbe mit derselben Unschuld besagten und, natürlich, mit derselben Abwesenheit jeglichen Erbarmens. Auf dem Stein, der Antonias Grab versiegelt, ist kein Foto von ihr, auch wenn ihre Mutter eines hätte anbringen wollen, das ihr bei ihren täglichen Besuchen am Grabe erlaubt hätte, das Gesicht ihrer Tochter so wiederzusehen, wie es war, und nicht, wie ihr trügerisches Gedächtnis dessen Züge verzerrte, aber sie suchte überall und fand doch keines, weder bei sich, abgesehen von den alten Klassenfotos, von denen das jüngste aus dem Jahr 1982 stammte, noch in Antonias Wohnung, in die sie am Tag nach der Beerdigung gegangen war, um dort, weit hinten in einem Wandschrank, nur einen Schuhkarton voller alter nicht entwickelter Filme vorzufinden, sodass sie nun angesichts eines vollkommen grauen und beinahe nackten Steins trauert, auf dem, in schwarzen Lettern, allein der Name ihrer Tochter eingraviert steht, sowie die Daten ihrer Geburt und ihres Todes. Es ist noch immer derart heiß, dass um das Grab herum die Blumen an den Kränzen und in den Vasen voll stehendem Wasser im Schein der roten Kerzen bereits zu verwelken beginnen. Antonias Pate nimmt die Hand seiner Schwester, komm, sagt er, ich begleite dich nach Hause, und jetzt, da die Beerdigung vorbei ist, hat sie nicht mehr die Kraft, sich ihm zu widersetzen, und er zieht sie mit sich fort durch die Alleen des Friedhofs, du musst dich ausruhen, sagt er noch in einem sehr zuvorkommendem Ton, aber er kann nicht umhin zu denken, dass er sie im Grunde nur loswerden will, um allein mit Antonia zu sein, die zu betrauern er mit niemandem teilen will, was ist nur aus mir geworden?, fragt er sich,

*Herr, erbarme Dich meiner,*
*Christus, erbarme Dich meiner,*
und er begleitet seine Schwester bis ins Zimmer hinein, wo sein Schwager schon schläft, von Schlaftabletten eingedöst, bevor er allein zum Friedhof zurückgeht und sich an seiner schuldhaften Freude ergötzt, während die Sonne über dem Meer untergeht. Er drückt das Gatter auf und geht zwischen den Gruften und alten schwarzen Kreuzen entlang, die sich über trockenes Gras neigen und daran erinnern, dass hier die vergessenen Toten ruhen, und er bleibt plötzlich stehen, da er Marc-Aurèle inmitten der Blumen gesenkten Kopfes und eine Hand an den nackten Stein gelegt wahrnimmt, und er gerät wider Willen in Verzweiflung ob der Anwesenheit seines Neffen, der ihn nicht einmal kommen hört und ihm schließlich ein derart verletzliches und ratloses Gesicht zuwendet, dass Antonias Pate mit unendlicher Dankbarkeit endlich fühlt, wie sich sein Herz für etwas anderes öffnet als für seinen eigenen Kummer, die Gnade, die Brandwunde der glühenden Kohle, komm, mein Junge, sagt er sich nähernd, und er drückt seinen Neffen, ihm die Augen verschließend, mit aller Kraft gegen seine Brust, um ihn für einen Augenblick aus der Erwartung des ewigen Todes und des Tages des Schreckens in den lächerlichen Schutz seiner Arme zu nehmen, und gemeinsam bleiben sie unbeweglich stehen, vergessen die Blumen, die Abenddämmerung und das faulige Wasser, während über den Gräbern langsam eine weitere Nacht der Hundstage niedergeht, als dränge die Hitze direkt von den Sternen herab, zu denen hinauf, in einer ähnlichen Nacht, um vier Uhr dreißig in der Früh, Antonia, neben Dragan am Strand von Calvi sitzend, die Augen hebt und sich denkt, dass sie heimkehren müsse, ihm aber, dieses Mal, Auf Wiedersehen sagen könne, und als sie ihn fragt, wohin man ihn schließlich geschickt habe, trinkt er einen Schluck Bier und antwortet, nach Sarajevo, ganz offensichtlich, woraufhin sie beide einen Augenblick lang schweigend verharren, bis sich Antonia erhebt, da es nun Zeit ist zu gehen.

Antonias Fotografien sind selbstverständlich frei erfunden, ebenso wie es deren Urheberin ist, die anderen aber, wenn auch mehr oder weniger genau beschrieben, gibt es wirklich.

Sie sind das Werk von Eddie Admas, Don McCullin, Gérard Malie, Kevin Carter und Ron Haviv. Man findet die in Kapitel 7 erwähnten Porträts mit Ausnahme dessen von Ossip Mandelstam in dem Buch von Tomasz Kizny, *La Grande Terreur en URSS 1937–38*, Verlag Noir sur Blanc.

Die junge rothaarige Frau im selben Kapitel hieß Christina und diente Mervyn O'Gorman 1913 an einem englischen Strand als Modell.

Die in Kapitel 12 erwähnte chilenische Studentin hieß Sara de Lourdes Donoso Palacios. Sie verschwand 1975. Man kann ihr Foto im *Museo de la Memoria y los Derechos Humanos* von Santiago de Chile sehen und ihren Namen auf einer Gedenkplakette der Villa Grimaldi in ebenjener Stadt lesen.

Zwei Fotografen, genauer, ihre zur Fiktion erhobenen Figuren, spielen in diesem Roman eine wesentliche Rolle: Gaston Chérau, der über den Italienisch-Türkischen Krieg zwischen 1911 und 1912 in Libyen berichtete, sowie Rista Marjanović, dessen Arbeit sich über die ersten zwei Drittel des 20. Jahrhunderts erstreckt. Ohne Pierre Schill, über den ich von Ersterem erfahren habe, und Zorona Vojnović, der Enkeltochter des Letzteren, die mir Zugang zu den Fotografien ihres Großvaters ermöglichte, würde dieser Text nicht existieren. Ich hoffe, damit ist ausgedrückt, wie dankbar ich ihnen bin.

Ich möchte ebenso Jean Herzfeld danken, dem Priester Matthieu Rougé, Jean-Marc Bodson und auch Milica, Melita, Borislav und Nikola, die mir alle geholfen haben, mich in mir unbekannten Gebieten zu orientieren.

Wegen des Versprechens, das ich ihr gegeben habe, kann ich die Person nicht nennen, deren Hilfe mir die kostbarste war. Aber ich weiß, dass sie sich wiedererkennt, und dies allein zählt, letztlich, am meisten.

secession